***Francis Huster**, comédien de théâtre et de cinéma, metteur en scène, réalisateur et scénariste, est aussi l'auteur de plusieurs romans et essais.*

Pourquoi je t'aime

Du même auteur

Sacha le magnifique !, Séguier, 2006

Marcel Pagnol, le Poquelin de Marseille, Séguier, 2009

Lettre aux femmes et à l'amour, Le Cherche Midi, 2010

Et Dior créa la femme, Le Cherche Midi, 2012

N'abandonnez jamais, ne renoncez à rien, Le Cherche Midi, 2017

Albert Camus, un combat pour la gloire, Le Passeur Éditeur, 2013

L'Énigme Stefan Zweig, Le Passeur Éditeur, 2015

Molière mon Dieu, Armand Colin, 2019

MON POCHE
14 avenue des Droits de l'Homme – 45000 Orléans

FRANCIS HUSTER

POURQUOI JE T'AIME

MONPOCHE

*Tant que je ne sais pas
pourquoi je t'aime,
c'est que je t'aime
vraiment.*

1

Je hais les feux de circulation.
Ils sont comme ces êtres que l'on croise
sur la route de notre vie.

JE HAIS LES FEUX de circulation. Ils sont exactement à l'image de notre société. Ils sont comme ces êtres que l'on croise sur la route de notre vie.

Ces gens-feux rouges qui nous stoppent. Qui nous jugent. Qui nous retardent. Qui nous empêchent. Qui n'ont aucune autre règle que celle de nous contraindre. Ces contre-mon-gré, nous ne cessons de les maudire. Même injustement, car ils nous sauvent parfois en nous obligeant habilement à nous arrêter. Pour réfléchir. Pour peser. Et pour nous indiquer que nous pourrions progresser, pourquoi pas, en faisant marche arrière et en repartant dans le bon sens.

Les feux verts, nous les adorons. Ces gens qui nous font confiance. Qui nous ouvrent la route. Ces professeurs, ces parents, ces amis, qui espèrent tellement de nous. Et qui pourtant ont, eux aussi, parfois, été la cause même de nos erreurs. En nous laissant aller à notre guise. Nous laissant nous égarer.

Enfin, il y a ceux qui sont les pires : les feux orange ! Ceux qui s'en lavent les mains. Ces entre-deux-chaises, ces Ponce Pilate, ces cague-brailles. Du genre : « Passe, démerde-toi et assume. »

Parmi ces êtres qui croisent notre route, il y a aussi les femmes. Celles feux verts qui nous laissent passer. Celles feux orange qui s'en fichent. Celles feux rouges qui nous font marquer l'arrêt. L'amour les englobe toutes.

2

Aimer, c'est se reposer les mêmes questions jusqu'à ce qu'on puisse trouver où l'on s'est trompé.

Le 0 est un chiffre. Celui du départ. D'où tout commence. Rond comme les courbes du ventre d'une femme en gestation. Avant que naisse l'être. Rond comme l'alpha et l'oméga. Comme une boucle. Comme la Terre.

Cette Terre qui tourne invariablement dans le même sens. Quelle idiote ! C'est la raison de tous les maux du monde. Elle n'a jamais été foutue de réfléchir ! De revenir en arrière. De tout reprendre à zéro.

Ce serait pourtant plus simple puisqu'en retournant d'où l'on vient, on peut comprendre où l'on va. Où l'on rêve d'aller. Cela nous permettrait d'évaluer. Évaluer pour évoluer.

Aimer, c'est se reposer les mêmes questions jusqu'à ce qu'on puisse trouver où l'on s'est trompé. L'erreur nous construit. Les humains sont obligés de suivre la rotation de la Terre. Comme elle, de ne cesser d'aller de l'avant. Impossible de revivre le jour passé. Oui, c'est parce qu'il a su retourner en arrière que l'homme a dominé la Terre. Mais l'homme a inventé la parole parce qu'il n'est pas aussi con que cette ronde Terre, et qu'il est carré.

Il ne peut, pourtant, échapper à son carré de vie et finit par s'y cogner avant d'y mourir. Enterré dans l'angle droit de sa tombe et dans un carré de cimetière. Lorsqu'il se bat pour réussir sa vie, il fait de sa prison à quatre angles un triangle, pour s'élever. C'est le génie de l'homme. Et non seulement il y a réussi, mais contre la Terre qui n'a pas cessé de le faire chier, de chercher à le détruire, à coups de cataclysmes, il a su, à lui seul, se venger d'elle et la dompter. Même si, Sisyphe des Temps modernes, l'homme a glissé maintes fois du versant de ce triangle. On monte, on glisse, on se casse la gueule et on recommence. Quant à la pointe de son triangle, elle a été à double tranchant et est devenue glaive. Dressée vers les sommets de la science, de l'art, de toute forme de progrès, elle s'est hissée, sans cesse conduite comme une pointe criminelle perçant le cœur de l'humanité : guerres, crimes, fléaux, qui accumulent des milliards de victimes et ensanglantent la Terre.

Fil rouge cousant les jours au cours des siècles depuis que le monde est monde, une chose reste maîtresse d'elle-même. Intacte. Immuable. Repartant du même zéro pour inexorablement naître et mourir dans sa boucle : l'amour.

3

Un livre à ne pas lire mais à vivre.

De même que la mort sépare inexorablement un couple, ou emporte les deux d'un même coup de faux, pour plus de quatre-vingt-dix pour cent des unions tout finit par la séparation. Par l'échec. Ce livre, à ne pas lire mais à vivre, est destiné à peser et à tenter d'évoquer ce que sont les causes de la rupture. De cet échec. Et quelle est notre part de responsabilité dans ce revers de vie.

Il y a mille raisons de se mettre ensemble, mais seulement trois raisons de se séparer. Commençons par les distinguer :

— Parce qu'on ne supporte plus l'autre. Parce que l'amour est mort et qu'on rêve d'ailleurs. Parce qu'on se réveille un matin aux côtés d'un étranger. Parce que l'autre ne correspond plus à celui que vous avez épousé. Parce qu'un événement grave, la jalousie, a enrayé la machine. Parce que l'autre se laisse aller…

— Parce que l'autre ne vous supporte plus. Pour les mêmes raisons que celles évoquées ci-dessus. Ou pour des motifs inavoués. Que l'on ignore parfois. Que l'on n'a pas voulu voir.

— Parce que les autres ne supportent plus de vous voir unis. Et font tout pour vous séparer. Soit par jalousie parce que vous êtes tellement bien ensemble qu'ils vont tout faire pour briser votre couple. Soit parce que votre couple est si raté, si douloureux, la vie à deux si désastreuse que, comprenant qu'aucun de vous deux n'aura la force de quitter l'autre, ils vont jouer aux bons Samaritains. Tout faire pour vous séparer. Afin que vous puissiez trouver le bonheur ailleurs. Chacun de votre côté. C'est-à-dire recommencer à aimer. Aimer une personne qui le mériterait. Et ne plus accepter de souffrir. De vivre le pourrissement.

Voilà pourquoi tant de gens se séparent. Mais si l'on avait eu le courage de se dire les choses, oui, de tout se dire, surmonterait-on ces épreuves ? Ou bien l'amour a-t-il une fin programmée, quoi que l'on fasse ? Admettrait-on, dans la plupart des cas, que l'on ne pouvait pas vivre l'un sans l'autre ?

Ainsi, ce livre se propose de décortiquer chaque mot, chaque pensée, comme un insecte qui rongerait votre angoisse, s'en nourrissant, mordant tous vos a priori, ligne par ligne, chapitre par chapitre, marche par marche, étage par étage, pour tenter humblement d'arriver au cœur de votre amour-propre. Pour vous tenir la main et vous jeter dans le gouffre de votre passion. Pour qu'enfin libéré de vos doutes, rejetant votre colère, écartant vos angoisses, vous acceptiez de redevenir un être d'amour.

Voilà pourquoi ce livre n'est pas à lire et qu'il n'est qu'un livre à vivre. Peu importe le jugement que vous porterez sur lui une fois que vous l'aurez achevé. La seule chose qui compte, c'est le regard que vous porterez sur vous. Car vous aurez à décider. De ce que vous aurez à faire. Pour justement être plus vrai, plus heureux, plus aimé, donc plus vous. Et vous pourrez poser votre expérience, vos propres arguments sur la balance, la vôtre, et assumer vos choix. Parce que, le temps de cette lecture, vous aurez plutôt vécu ce livre dans lequel vous vous serez vu tel que vous êtes !

4

Je ne suis pas tombé amoureux.
Je me suis relevé amoureux.

« Je suis tombé amoureux ! » « Je ne veux plus jamais tomber amoureuse ! » « Comment a-t-elle pu tomber amoureuse de toi ? » Ne remarquez-vous rien ? Trois fois ce maudit verbe : « tomber » ! Serait-ce tragique, si tragique que ça, l'amour ? Ce truc qui fait battre votre cœur plus vite ! « Battre » n'est pas très drôle, ni très engageant non plus ! Même si on peut aussi penser, avec joie cette fois, aux battements d'ailes des papillons que l'on ressent dans le ventre, en tout cas au début. Ainsi, c'est sûr, notre cœur doit battre et se battre, mais pour quoi ? Pour qui ? Qu'est-ce qui justifie que nous « tombions » ? Et où donc ? Dans quelle boue ? Dans une tombe, alors, carrément ? Alors serait-ce ça l'amour ? Une chute ? Mais *quid* du plaisir de la chute quand on tombe sur un lit de fleurs, un tapis de nuages, au pied de l'arc-en-ciel… ? En tout cas au début… La boue et la tombe, ne serait-ce pas plutôt l'apanage de la rupture ? Tomber vraiment dans une tombe, celle de l'amour ? Quel est donc cet inconscient qui a eu le culot d'oser affirmer qu'on tombe amoureux comme on tombe malade, comme on tombe raide mort ? À l'origine en France, on parlait d'« être en amour » ; les Anglais nous ont fait pencher du côté de leur *fall in love*, « tomber en amour ». Avec ce caractère imprévisible de ne pouvoir se soustraire à cette chute, qui n'était pas préméditée. D'où une certaine mauvaise foi machiste, car la femme serait, elle, bien sûr, responsable de notre chute…

Pourquoi cet inconséquent n'a-t-il pas été le premier à oser crier à la face du monde que l'on ne tombait pas, mais que l'on s'élevait ? Non, je ne suis pas tombé amoureux. Je me suis relevé amoureux. Oui, je me suis enfin redressé grâce à l'amour. Aimer, c'est bien tenir debout face aux obstacles de la vie. Aimer, c'est se relever autre que ce que l'on était. Aimer, c'est se réveiller d'une vie qui vous cachait l'essentiel : être deux. Parce que vous affronterez tout à deux. Et que ni l'un ni l'autre n'acceptera de céder. Pour justement protéger l'autre. L'amour nous offre cette certitude soudaine, cette folie même de nous sentir plus forts. Cette folie nous libère de nos complexes. Je n'ai jamais cessé de me relever et de me relever par amour. Amoureux fou, parce que si ce n'est pas à devenir fou, à quoi bon aimer ! On n'aime pas un peu, on aime totalement. On aime passionnément. On aime plus qu'il ne faut. On aime parce qu'on ne peut pas faire autrement. Parce que c'est plus fort que vous. On aime parce que rien n'est plus beau qu'aimer. Parce que rien n'est plus vrai qu'aimer. Rien ne vaut cette élévation qu'est l'amour et cette révélation qu'enfin vous aimez et que l'on vous aime vraiment. C'est la plus belle fierté de votre vie. Vous aurez aimé. Vous aurez enfin été vrai. Vous aurez cessé de tricher. Vous aurez cessé de fuir. Pas seulement les autres. De vous fuir vous-même. Vous vous serez enfin trouvé. Après tant de peurs, de lâchetés, de rendez-vous ratés. Enfin, vous êtes libre. D'aimer.

5

Le jeu du je *et du* moi.
Moi *l'intime et* Je *la façade.*

L'HOMME SE TIENT les deux bras tendus vers le ciel. Pour s'élever. Se dominer aussi. Nous sommes tous Y. Et donc doubles. À la fois *je* et *moi*. Nous avons deux jambes, deux yeux, deux mains, deux oreilles et tout en double. Donc, nous avons deux vies aussi ! Chacun de nous est en double version. Comme les deux faces d'une médaille.

Nous avons toujours été deux. *Moi* l'intime et *Je* la façade. Je, cet autre que les autres ont façonné. À l'image de ce qu'ils auraient voulu voir de moi. Pour leur servir de marionnette. Ils ne m'ont jamais vraiment vu, *Moi*. C'est lui, le *Je*, leur Je, qu'ils regardaient. J'avais beau parler, *Moi*, rien ne sortait de ma bouche. Les mots restaient prisonniers de mon cerveau. *Je*, lui, était réel derrière mon apparence. Il était ma gorge, ma langue et jusqu'à mon regard qu'il prétendait habiter. Je savais qu'il parlait à ma place. Mais pas pour moi. Plutôt par moi. Il se servait de moi. Même mes silences étaient les siens. Bien sûr, il se trahissait parfois. En éclatant de rire sans que l'on sache pourquoi. En ne répondant pas à toutes sortes de questions. Ou à côté de la plaque. Pire encore : il me trahissait, *Moi*. Surtout. Et sur tout. Sur tout ce qui me touchait. Tout ce qui me fragilisait. Il s'embarquait parfois dans des diatribes sans fin, uniquement pour me ridiculiser. Comment était-il né en moi ? Sans doute en réaction à ma lâcheté devant mes parents. Je devais jouer le rôle de *Lui*, le fils rêvé dont ils s'étaient persuadés hériter. Lassé de les décevoir, j'ai sans doute joué le jeu du *Je* et par là même ouvert la boîte de Pandore. J'ai laissé sortir le *Je* du moi, surtout pour qu'il les satisfasse. Qu'il accomplisse le travail à ma place. Quel travail ? Tout d'abord envisager un but suprême. À quoi bon faire quoi que ce soit dans la vie s'il n'y a pas le but à atteindre ?

Le même pour tout le monde. Trouver sa voie ! La vie, c'est juste ça. Monter dans le bon train, qui vous est destiné. Il n'y en a pas deux. Un seul père. Une seule mère. Une seule vie et un seul voyage aller ! La rater, cette vie, signifie avoir pris le mauvais train. Avoir laissé partir votre place, sans vous. Ou, pire encore, qu'un autre vous l'ait prise, cette vraie place. Votre vie a foutu le camp. Vous restez sur le quai, fou de jalousie envers celui qui l'a emportée, votre vie. Éloignée à jamais.

6

Le destin n'a pas de gomme.

J'accuse à la fois les parents, l'éducation – qu'elle soit civile ou religieuse –, de ne pas avoir su, dans la majorité des cas, nous apprendre à bien nous conduire.

Les parents, parce qu'ils rêvent souvent de nous voir occuper la place qu'eux-mêmes auraient tant souhaité détenir. L'éducation, pour s'être détériorée, éparpillée, humiliée, agenouillée, soumise, trahie. Les premiers comme la seconde nous aiguillent à tort. Nous manipulent. Nous abandonnent, en réalité. Niant le profond de notre être, toutes nos aspirations profondes, pour finalement se débarrasser de nous. En nous fourrant n'importe où. N'importe comment. Dans les mains de n'importe qui. Et pour faire n'importe quoi. Du moment que notre éducation nous oblige à occuper le banc qui vient de se libérer opportunément. Notre vie va se jouer à pile ou face !

Côté pile, l'éducation civile, séculière, républicaine se donne pour mission, pour devoir suprême, non pas de nous apprendre, mais de nous révéler toutes ces vies qui nous accompagneront au quotidien et qui feront partie de nous : Hugo, Zola, Molière, Voltaire, Shakespeare, Curie, Pasteur, Guitry, Giraudoux, Camus et tous les autres. Hitler, Attila, Staline y sont également présents. Notre monde intérieur est comme le monde tout court. Tout y est. Tout y court ! C'est la raison pour laquelle découvrir le monde – comme découvrir *son* monde – est notre passion. Parfois destructrice. Et dont on ne se remet pas.

Côté face, l'éducation religieuse, elle, n'a qu'un devoir. Non pas de nous parler du monde tel que nous le voyons, tel que nous le vivons au quotidien, dans la joie ou la révolte, dans la peur ou le bonheur, dans la haine ou l'amour, mais de nous faire découvrir l'autre monde ! Celui que nous ne pouvons pas voir ! Cet au-delà que nous verrons, peut-être, une fois morts. La religion s'est tout simplement arrogé l'exclusivité effroyable de nous faire voir ce monde-là. De l'autre côté du miroir. Et qui plus est de nous le faire découvrir de notre vivant !

Si la religion n'avait pas existé, nous nous serions contentés du monde réel. Celui qui nous entoure.

Nous éblouit et nous étreint. Nous écrase ou nous grandit. Or, notre place dans ce monde de réalité, la religion nous en laisse la totale responsabilité. Elle se contente, avec grandeur et loyauté parfois, avec ostracisme et les mains en sang par malheur d'autres fois, de nous laisser responsables de nos actes. Elle ordonne. Elle guide. Elle s'impose sans que l'on puisse même, comme avec le destin, la détourner. Lui répondre. Elle commet surtout une incroyable erreur qu'elle n'a jamais pesée, tant elle est sûre d'elle-même. Quelle erreur ? Elle est responsable, du fait même de son aveuglement, de nous avoir inculqué le doute.

Quant au destin, parlons-en ! Un crétin au dernier degré a cru bon de déclarer, finaud : « Il faut forcer son destin. » Espèce de buse ! Le destin ne se force pas ! C'est lui qui décide, s'il le souhaite, si tu peux le forcer ou non ! Personne n'a choisi de naître ! Mais tout le monde peut et même doit réagir de son propre chef au destin, précisément. C'est le seul sens de notre vie. Ce jeu d'échecs avec le destin. Qui, de toute façon, gagnera la partie. Mais même si tu perds cette partie jouée d'avance, lorsque tu rends les armes, même quand tu rends ta vie, il y a pour toi aussi une incontestable victoire : la trace. Cette trace que laisse la partie jouée et perdue elle-même. Le destin n'a pas de gomme. Et pour l'éternité, si ta vie s'est bien jouée, elle restera gravée. Pas dans l'espace. Mais dans les autres. N'est-ce pas là la plus belle réussite de l'être humain ? Certainement ! N'en doutons pas. Toutes les parties de ceux qui nous ont précédés – et donc toutes leurs défaites inexorables – restent en nous ! En chacun de nous !

7

Rien n'est pire que la perfection.

La religion a fait douter l'homme. L'homme relevait la tête vers le ciel, et donc vers l'avenir. Comme les animaux, comme la nature elle-même. L'homme respirait cet air qui le dominait et le nourrissait. Or, la religion a ordonné à l'homme de s'agenouiller. De baisser les yeux. De regarder en lui. En son propre monde. Alors, maître de ses pensées, donc de ses désirs, l'homme s'est mis à réfléchir, donc à douter. Du monde qui l'entourait et qui l'effrayait tant. Peu à peu, le monde religieux en lui à son tour l'a saisi d'effroi. L'homme s'est alors magnifié en décidant courageusement de devenir maître de lui-même. Pour réussir cette tâche au demeurant impossible, ayant tout contre lui, l'homme a choisi l'arme la plus incroyable, inespérée, inattendue. Cette arme invisible qui à elle seule allait triompher de tout. Arme qui serait capable, siècle après siècle, minute après minute, de dominer le monde. Cette nature qui croira bien souvent reprendre le dessus sur l'homme en l'écrasant, en le brûlant, en le noyant, en l'asphyxiant, en l'empestant. En vain. L'homme a privilégié ses deux mains pour qu'elles fassent de lui le vrai maître du monde. Alors qu'il était voué à se déplacer à quatre pattes, il a décidé de se dresser sur ses deux jambes pour tenir debout et utiliser ses mains. Pas seulement pour lui permettre de mieux se mouvoir ou mieux se nourrir, mais pour qu'elles deviennent l'outil de son âme, de son ressenti. Par la science et la culture. Ces sources de vie nées d'une seule force : son âme. Cette âme que nul ne peut atteindre, pas même lui. Cette âme qui lui fait tout subir, tout accepter. L'homme ne se suicide que pour faire taire son âme. Cette âme qui l'amène aussi à renoncer, à mentir, à punir, à tuer, à détruire. Mais aussi cette âme qui le force à bâtir. À chercher. À donner, à offrir et pas seulement à prendre aux autres. Oui, cette âme l'amène à partager. Donc à aimer. Alors, on peut se demander à juste titre : pourquoi l'homme n'a-t-il pas utilisé cette âme-arme pour rendre le monde parfait ? Parce que rien n'est pire que la perfection. Et l'intelligence humaine elle-même ne se tromperait jamais, ne faillirait pas si l'homme, par miracle, n'avait compris qu'une force supérieure allait à elle seule dominer l'intelligence trop sûre d'elle-même et trop pragmatique, cartésienne, s'appuyant sur des absolus et des certitudes : l'instinct. L'homme, son âme et son instinct. La partie d'échecs avec la mort, donc avec le destin, l'éducation et la religion, pouvait débuter.

8

Être assez vrai.

LE DESTIN N'EXISTE PAS. C'est un leurre. Il n'est qu'un passé. C'est parce qu'on ne le voit apparaître qu'une fois les choses accomplies qu'on ose parler de lui. Il n'a jamais été devant, à l'horizon. Ce flemmard se tourne les pouces en attendant que vous fassiez tout le boulot ! Avouez que vous n'y aviez pas pensé. Devant, il n'y a rien. Ce qu'il y a devant n'est qu'un ascenseur. Le présent, c'est de monter dans cet ascenseur pour atteindre tel ou tel étage. L'ascenseur n'a pas encore bougé. Votre présent vient de s'accomplir. L'ascenseur s'élève. À mesure que l'ascenseur monte, votre présent s'est achevé pour laisser place au futur. Le septième étage est votre futur. Vous arrivez à l'étage. Vous sortez de l'ascenseur et allez à présent là où vous devez vous rendre. L'ascenseur redescend et c'est enfin votre destin qui naît. Qui apparaît. Votre destin était de prendre cet ascenseur pour monter au septième étage. Il n'existait pas avant d'avoir été accompli. Croire en son destin, c'est croire en un mirage. Qui n'existe pas. Accepter ou pas son destin, ce que vous avez accompli, c'est la seule raison d'être, et la seule qui motive de réussir sa vie. Être assez vrai pour porter l'entière responsabilité de ce que vous avez fait de votre vie. Et aussi de ce que vous avez fait de la vie des autres. Qui eût été différente si vous n'étiez pas passé par la leur. Comme eux par la vôtre. Croire que, vous dégageant de toute responsabilité, vous ne pouvez échapper à votre prétendu destin. Cessez d'y croire ! C'est une escroquerie fondée uniquement pour vous acquitter par avance de tout ce que vous allez rater. Et qui bien sûr ne dépendait pas de vous. Vos échecs, vos erreurs, vous n'y êtes, au fond, pour rien. Comment pourriez-vous, alors que cela était déjà écrit, changer le destin qui vous attendait ? Comment ? Vous le savez parfaitement mais vous refusez de l'admettre. En vous conduisant toute votre vie de la seule manière possible pour la réussir : en aimant. En aimant les autres. En vous donnant le droit d'éjecter ceux qui ne méritent pas d'être aimés par vous. Et surtout en vous aimant. Vous. Or, pour vous aimer, il n'y a qu'une seule raison : être persuadé de faire ce que vous devez faire. Être assez vrai. Pas pour vous. Mais pour les autres. Voilà votre force. Voilà votre colonne vertébrale. Voilà ce qui, quoi qu'il arrive, vous rendra fort toute votre vie. Vous fera tenir bon devant l'adversité ; l'obstacle imprévisible vous convaincra que vous laisserez derrière vous un destin accompli. Que vous avez vécu un grand amour.

9

Aimez-vous, sinon comment voulez-vous que les autres vous aiment ?

ÊTES-VOUS D'ACCORD pour jouer le jeu ? Ou plutôt êtes-vous d'accord pour jouer le « je » ? Ce *je* que vous êtes ! Ce *je* qui est si important puisqu'il arrive le premier dans la conjugaison : avant le *tu*, le *il*, le *elle*, et bien avant le *nous*, le *vous* et les *ils* ou *elles*. Car le vrai danger d'une vie, c'est de ne pas aimer. Les poètes ont loué de tout temps le *je t'aime*, passant du *je* au *tu*. Ce *tu* qu'on vénère. Ce *tu* qui nous émeut. Nous éblouit. Nous transfigure. Nous amenant au meilleur comme au pire. Au courage, au sacrifice ou au crime et à la vengeance. Les poètes ont, comme la Terre, omis le principal. De la même façon salvatrice qu'elle aurait dû – nous l'avons dit – revenir sur elle-même, les poètes auraient dû – eux aussi – revenir sur eux-mêmes. Et passer du « je t'aime » au « je m'aime ». Car si l'on nous avait appris à nous aimer avant toute chose, on aurait accepté de souffrir. On aurait compris les autres. Et, fier de soi, on aurait su les aimer. Pour offrir et partager le meilleur de soi-même comme le pire. Car aimer ses qualités, c'est très facile. Mais accepter ses défauts, c'est finir par comprendre, justement dans la pesée de soi-même, qu'ils finissent par nous obliger à encore mieux magnifier nos qualités. Cela, les poètes n'y ont pas pensé ou l'ont occulté. Et ces Messieurs les obtus des universités des temps anciens ont mystifié le monde en montrant du doigt, comme pestiférés, amour-propre, fierté, orgueil et vanité. Gloire à ceux qui ont refusé de se soumettre, tel Albert Einstein, qui peut être, avec raison, bouffi d'orgueil. Ou Hugo faisant preuve de vanité avec courage. Mozart peut être, à juste titre, fier de son génie tout comme Shakespeare de son amour-propre. Ils ont défié les maîtres cancres, ces Messieurs lettrés des grands siècles, complices des diktats religieux, qui n'ont toléré que la soumission hypocrite des humbles, des modestes, des pardonne-moi-d'avoir-du-talent. Ceux qui ont du génie échappent à toutes les règles et doivent leur entrée dans l'histoire de l'art, du sport, de la science ou de la politique au fait qu'ils ont une haute idée de leur génie et qu'ils consacrent leur vie à tout sacrifier pour arriver au sommet, à la place qu'ils méritent. Zidane, Merckx, Platini, Griezmann, Messi, Ronaldo, Pogba, Killy, Anquetil, Mimoun, Pelé, Cerdan et les autres hommes, parce qu'ils osent se dire à eux-mêmes que ce que la terre entière idolâtre en eux, c'est leur immense talent. Mais puisqu'il n'est question ici que de franchise, avec les autres, soit, mais d'abord avec soi-même, pensez-vous sérieusement que, au fond d'elles-mêmes, ces légendes ne sont pas lucides en se jugeant à juste titre des êtres d'exception ? Bien sûr que si, avouez-le ! Mais si le penser est une chose naturelle dans la nature de l'homme, oser le dire tout haut relève du blasphème ! Voilà le mot lâché ! L'opprobre ! Alors, puisque nous allons nous regarder dans notre miroir sans faux-semblants, donc la vérité à nu, osons nous-mêmes, dès lors que personne ne va lire – donc vivre – ce livre par-dessus votre épaule, être vrais sans mâcher nos mots.

Vous êtes un être de bonté, donc porté vers les autres la main tendue. Alors, oui, vous devez faire partie des êtres d'amour. Donc, offrir votre cœur. Mais ce cœur qui va battre pour ceux que vous aimerez, il faut aussi qu'il batte pour vous-même. Aimez-vous, sinon comment voulez-vous que les autres vous aiment – et donc vous jugent –, si vous-même ne vous jugez pas, ne vous aimez pas ? Il n'y a donc encré ici, sur ces pages blanches, que votre vie. C'est elle qui va vous apparaître. Dans sa lumière comme dans ses zones d'ombre.

Comme le parcours de chacun n'appartient qu'à lui seul, permettez-moi de prendre mon exemple dans l'expérience qui va suivre.

10

S'aimer, non pas pour ce que l'on fait pour soi, mais pour ce que l'on fait pour les autres.

VIT-ON TOUS la même expérience en amour ? On commence par rêver d'aimer quelqu'un. On rencontre ce quelqu'un. On rêve alors de ce quelqu'un. En espérant que ce quelqu'un le soit aussi : amoureux ! De vous. On a rencontré cet être, on voudrait qu'il devienne l'autre. Qu'il passe de l'être à l'autre. On commence alors par aimer cet autre. On voudrait croire qu'il nous aime aussi. Puis autant. Puis plus encore. On l'aime pour ce qu'il est. On l'aime pour ce que l'on croit qu'il est. Comme cet autre nous aime pour ce qu'il croit que nous sommes. Puis tout se gâte. En fait, il nous aime pour ce qu'il croit que nous pourrions être. Il nous aime pour ce qu'il croit que nous ferions de lui. On l'aime pour lui, puis on l'aime pour nous.

Lorsqu'on vit seul, que l'on est seul avec soi-même, on peut s'accommoder de beaucoup de choses. De ses propres travers pour commencer. Puisqu'on ne les partage avec personne. C'est si facile de tout se pardonner. De se dire qu'on va bien y remédier un jour. Ou que les autres, on les emmerde après tout ! Qu'on est comme ça et qu'on ne se change pas, c'est bien connu. Qu'on ne fait de mal à personne. Que ce n'est que passager. Et puis qu'on n'en est pas responsable ! Ce sont les autres qui vous ont fait comme ça !

Mais vivre à deux change la donne : il faut s'adapter, faire de la place à l'autre. À deux, on trouve la seule raison de s'aimer soi-même. S'aimer, non pas pour ce que l'on fait pour soi, mais pour ce que l'on fait pour les autres. Donc, quand on vit à deux, pour ce qu'on a fait pour l'autre. On peut tout faire par amour.

11

Aimer, c'est faire croire à l'autre que, notre jardin secret, lui seul aura le droit de le connaître.

QUI OSERAIT prétendre refaire en amour la même chose si on nous donnait la possibilité de recommencer notre vie à zéro ? Sachant ce que l'on sait ? Quel menteur que celui qui pérore en assurant que si c'était à refaire, il referait à l'identique ! Parce qu'on peut affirmer que chacun de nous se forge deux personnalités totalement contradictoires ! Nous l'avons vu plus haut, nous avons deux jambes, deux yeux, deux mains, deux oreilles et tout en double. Et deux vies aussi ! La vie que nous vivons avec les autres. Et celle, intime, que nous ne vivons qu'avec nous-même ! Aimer quelqu'un, c'est croire et lui faire croire que cette vie cachée, celle que nous gardons en nous, celle qui nous parle tous les jours, celle qui nous pousse à agir ou à reculer, celle qu'on appelle naïvement « conscience », va lui appartenir. Oui, aimer, c'est faire croire à l'autre que notre jardin secret, lui seul aura le droit de le connaître.

Recommencer tout à zéro, ce serait forcément revivre nos amours totalement autrement. Parce que notre vraie vie, celle qui aurait tant aimé, forte de ce qu'elle aurait compris de l'amour, n'hésiterait pas à s'appliquer une seule morale : n'aimer que ce qui mérite de l'être. C'est-à-dire ? Une personne qui vous aime plus qu'elle ne s'aime elle-même. Si vous avez le bonheur de la trouver, ne passez surtout pas à côté ! Une chance sur mille ? Et alors ! Tentez-la ! Et tenez-la !

12

Quand on aime, c'est comme si
on mettait les mains dans les poches
tellement on n'a plus rien à craindre.

Quand on aime, c'est comme si on mettait les mains dans les poches tellement on n'a plus rien à craindre. On n'a pas besoin de sortir les mains. De faire de grands gestes pour prouver qu'on aime. On plane tellement haut que tout nous paraît dérisoire à côté de l'amour. On a conscience aussi qu'on ne peut plus vivre sans cet amour. Ce n'est pas qu'il est tout, ce n'est pas qu'il prône mais qu'il trône. Il domine tout. Il ne se mêle pas de tout. Mais il nous chuchote au cœur : « Ne te conduis pas comme ça, tu vaux mieux que ça, et sois plus courageux que ça. » Il nous oblige à nous dépasser pour lui prouver que nous le méritons. Que nous ferons tout pour ne pas le décevoir.

L'autre commence par forcément faire preuve de qualités. Vous ne voyez qu'elles. C'est d'ailleurs la raison majeure qui vous a convaincu de vivre en couple avec cette personne-là. Et pas une autre.

S'il ou elle a des défauts, pas grave : par amour, vous n'avez, comme l'autre de son côté, qu'une obsession : le délester de ses défauts. Les gommer. Alors, l'irréparable est commis par vous deux en même temps. Vous vous emparez de ses défauts, vous les lui ôtez, pensez-vous, et vous tentez naïvement de faire de l'autre un être plus parfait. Pour vous. Pour qu'il vous corresponde. Lequel vous en saura gré d'après vous. Et en sera d'autant plus lié à votre couple. La réalité est tout autre. Ayons le courage ou la lucidité de le reconnaître. Un être idéal et sans défauts notoires n'est rien. Cela existe-t-il d'abord ? Bien sûr que non ! Mais certains d'entre nous se targuent – et on leur prête volontiers ce crédit – d'être sans grands défauts. Alors, c'est qu'ils sont aussi sans grand intérêt.

13

Une vie sans aimer ne vaut rien.

Quand comprendrons-nous qu'aimer quelqu'un n'a qu'une justification : aimer l'autre pour parvenir à s'aimer soi ? Tout le monde doute de soi. Ceux qui prétendent le contraire sont des menteurs. Des manipulateurs. Si quelqu'un vous convainc qu'il vous aime, c'est donc que vous méritez d'être aimé. C'est parce que, désormais, vous rendez heureuse cette personne que vous vous sentez bien. Que vous méritez de vous aimer. Vous-même. Le plus difficile ! Aimer l'autre, on n'en saisit pas tout de suite les vraies raisons. Ce n'est pas aussi net à première vue. Quelque chose de très fort, de si présent en vous, s'est déclenché. Est apparu sans crier gare. On aime. On le sent. On tâche de garder ça pour soi. Pour ne pas être ridicule. Ni se faire rejeter par l'autre. D'abord, ne s'aime-t-il pas déjà lui-même, cet autre ? Mon amour va-t-il être au-dessus de son propre amour pour lui ? Si c'est le cas, il acceptera mon amour. Mais s'il s'aime en réalité plus que toute autre chose, que lui apporterait l'amour de quelqu'un pour lui ? Il y a bien des gens qui refusent chat ou chien pour précisément éviter qu'un animal ne vienne les encombrer d'un amour intempestif. Basé sur rien apparemment. Leur donner un gîte. De quoi bouffer. Les soigner. Les calmer. Mais ces bestioles vous aiment-elles vraiment ? Par intérêt ou par passion ? Ces gens égoïstes, égocentriques ne sont pas forcément satisfaits d'eux. Au contraire, c'est pour ne pas imposer à un autre ce qu'ils doivent lucidement supporter d'eux-mêmes qu'ils veulent éviter à cet autre, par altruisme, de les aimer. Une vie sans aimer ne vaut rien à vos yeux. D'où votre mal-vivre. Qui vous tue. Alors, qu'attendez-vous pour vous battre ? Pour aimer ?

14

Aimer, c'est gifler la mort !

Pourquoi aime-t-on quelqu'un ? Est-ce parce qu'il vous apporte quelque chose ? Ou est-ce parce que vous lui prenez quelque chose ? Aimer, c'est contenu dans « admirer ». Juste deux lettres en plus : un *d* et un *r*. Le *d* de « désir » et le *r* de « rêver ». Aimer, c'est désirer et rêver. Désirer l'autre et rêver de lui. Pour le faire rêver à son tour. Quand on aime, on admire. Quand on n'admire plus, on n'aime plus. Qu'est-ce qui est admirable chez l'autre ? Est-on si fasciné qu'on n'a plus qu'à se laisser aller à aimer ? À aimer sans cesse. Sans limites. Toutes les dépasser ! Aimer pour ne plus se poser de questions. Aimer, c'est gifler la mort !

L'amour-propre n'est pas de l'amour. C'est sa caricature ! Il se moque de tout. À commencer par lui-même. L'amour-propre nous flatte ! Il trace à gros traits nos réelles qualités, mais en les traitant toutes de telle manière qu'il étrique le reste. Les défauts n'apparaissent qu'effleurés. Et on finit par ressembler à notre propre caricature. Le trait d'esprit seul peut nous ramener à la raison. Se moquer de soi-même est une saine thérapie. Mais ils sont rares, ceux qui ont l'intelligence de rire d'eux-mêmes.

15

Je t'aime parce que dans ton regard qu'ai-je trouvé que je n'ai jamais vu chez les autres ? Mon regard à moi. J'ai vu dans tes yeux les miens.

J'ai passé ma vie à voir en étant vu. Rançon de la gloire ? J'hameçonnais tous les regards qui se présentaient à moi. Je cherchais par ma célébrité à les attirer en Narcisse que j'étais.

Croyez-vous que tout le monde le fasse ? Non ! Bien sûr que non. La plupart du temps, les gens méprisent les autres. Ils font détourner leurs regards pour n'avoir pas à les affronter. Parce qu'ils ne veulent pas être redevables de quoi que ce soit. Ni être critiqués du regard pour avoir fait ci ou ça. Ni être jugés.

Il y a des regards qui tuent aussi. De ces regards qui vous humilient. Ou de ceux qui se moquent de vous. Il y a de ces regards de séduction forcés qui vous entourloupent. De ces regards naïfs qui tentent de cacher leur vide. De ces regards de compassion qui finissent par être insoutenables. Il y a aussi ces regards qui vous prennent pour un imbécile. Il y a même de ces regards qui jouent à l'imbécile. Il y a de ces regards de haine ou de peur qui vous obligent à réagir. Il y a de ces regards qui vous rendent tout de suite fou de rage. Ou fou d'angoisse. De ces regards qui se baissent pour vous cacher la vérité. En affrontant tous ces regards, que de victoires on remporte ! La plus belle étant le respect de soi. Peu importe d'avoir tort ou raison, de toute façon vous aurez réagi. Vous aurez soutenu le regard de l'autre. Voire défié. Vous l'aurez forcé. Puis vous l'aurez vaincu. Je t'aime parce que dans ton regard qu'ai-je trouvé que je n'ai jamais vu chez les autres ? Mon regard à moi. J'ai vu dans tes yeux les miens. J'ai compris que toi seule me regardais, pénétrée de mon regard. J'ai vu que tu faisais plus que me regarder. Tu recevais, par tes yeux, mon âme en ton âme. Ferme les volets ! Je veux que personne d'autre que toi n'enferme mon âme. Elle est toute à toi. Rien qu'à toi. Pour toute la vie.

16

Et puis la lumière est arrivée.

DIFFICILE DE CONDUIRE un cheval sans rênes. Sans étriers, passe encore ! L'amour n'est-il pas lui aussi un cheval fou ? Comment guider sa course, motiver son allure ? Ne pas le laisser s'emballer ! La rêne ajustée pour brider la course et garder une belle cadence. Une lanière de chaque côté.

Donc deux. En amour aussi. La jalousie et la vérité. La vérité qui procure la confiance en l'autre. Alors que la jalousie la tue. Cette jalousie insupportable. Qui vous retient. Qui vous tire. Qui vous cabre. Au contraire de la vérité qui, elle, vous emballe. Qui vous rassure sur le monde et sur vous-même. Qui vous donne l'assurance que vous irez au bout du monde à toute allure. Avec elle. C'est cette vérité qui vous sauve des pires moments, comme certaines nuits où tout s'écroule.

L'écho des bruits de pas dans le couloir de l'hôpital vous exacerbe, car vous ne cessez de vous agiter en attendant toute la nuit que l'on vous dise enfin que votre père est encore vivant. Qu'une fois de plus il s'en est sorti. Que la chimio a enfin fait effet. Cet écho vous transperce le crâne.

Le jeune interne de garde est arrivé. Il essayait de ne rien laisser paraître. J'ai tout de suite compris. À sa façon de marcher vers moi. Ses pieds semblaient glisser sur le sol. Il ne baissait plus les yeux. En fait, il n'a rien dit. Ce sont ses mains qui ont parlé. Il ne les sortait pas de sa blouse. Chacune en poche. Je les sentais remuer. Crispées. En sueur. J'ai pensé que mon père était comme elles. Crispé dans la mort. Que je ne le verrais plus. Plus vivant. J'ai dit sans m'en rendre compte : « Merci. » Il n'a pas répondu. Ses sourcils se sont tendus. Comme pour s'excuser. L'interne m'a regardé sans expression. Il a tourné les talons. Curieusement, je ne pensais qu'à une chose. Ne pas le voir. Pour garder de lui la dernière image : lui vivant. C'est celle-là que je voulais emporter. Surtout pas celle d'un cadavre. Je n'ai jamais revu mon père. Quelqu'un d'autre a reconnu le corps. Il était mon héros. L'aviation pendant la guerre. L'Angleterre le célébrant. Je le revois sur sa moto comme celle du colonel Lawrence. Je sens encore sa main sur ma joue lorsqu'il m'a giflé quand je lui ai annoncé que j'abandonnais tout pour faire du théâtre. Et je me souviens de son regard à l'Élysée quand le président François Mitterrand m'épinglait la Légion d'honneur. Un regard de tendresse humaine inouïe qui me rappelait celui de Marcello Mastroianni dans *La Dolce Vita*. Si j'avais su aimer mes parents comme ils le méritaient, je n'aurais pas gâché, amour après amour, l'espoir que chaque amour de ma vie mettait en moi. J'ai tout sacrifié à mon métier. Qui, lui, m'a dévoré comme l'est justement tout sacrifice.

J'écris ce livre pour que les gens qui s'aiment puissent réussir ce que je n'ai pas su réussir, moi : savoir aimer. Et puis la lumière est arrivée. Mes filles m'ont appris que l'amour n'était plus mort en moi : qu'en est-il pour vous ?

17

N'est-ce pas la plus belle preuve d'amour que de quitter l'autre quand vous n'êtes plus aimé ?

Quel est l'ordre des choses en amour ? Rencontrer. Revoir. Partager. Séduire. S'abandonner. Jouir. Reprocher. Regretter. Accuser. Fuir. Mentir. Revenir. Mentir. S'amender. Pardonner. Recommencer. À s'abandonner. À jouir. À reprocher. À accuser. Et s'enfuir. Une seule façon d'y échapper ! N'est-ce pas la plus belle preuve d'amour que de quitter l'autre quand vous n'êtes plus aimé ? Pour que l'autre puisse être heureux, sans vous. Bien évidemment que si. Réagir autrement, c'est la preuve que vous n'aurez jamais été capable de l'aimer pour ce qu'était cet autre, pour lui. Mais qu'égoïstement, vous l'aimiez pour vous. C'était votre chose. Vous méritez votre malheur et son mépris.

18

Tous deux l'un pour l'autre et non l'un avec l'autre, on ne vieillit plus !

ARRÊTER LE TEMPS. Ne plus vieillir. Intact. C'est exactement ce que je ressens avec toi. Quelle expression idiote que d'affirmer : « Nous vieillirons ensemble » ! C'est le contraire lorsqu'on s'aime ! Tous deux l'un pour l'autre et non l'un avec l'autre, on ne vieillit plus ! Oui, le temps est parti vieillir ailleurs. Il a compris qu'il valait mieux nous foutre la paix. Laisse-nous tranquilles ! Nous sommes heureux, nous ! Tu sais quoi ? Toi, le temps, va t'occuper de ceux qui justement l'un avec l'autre se laissent vieillir. Ceux qui vont comme des somnambules tout perdre peu à peu. Et jusqu'au bout. Ceux qui finissent même par se ressembler. Chaque jour le même rituel, les mêmes remarques. Les mêmes reproches, l'un envers l'autre. Les mêmes railleries. Le même aveuglement. Faisant semblant de se regarder. Ne se voyant plus du tout, en réalité. Ne s'écoutant pas. S'éloignant d'eux-mêmes parce qu'ils s'éloignent des autres. Plongeant ensemble vers le vide qui les attire, le temps complice de leur chute. Il les happe. Jusqu'à la fin. Alors que nous, qui nous aimons, nous l'avons foutu à la porte, le temps ! Nous nous aimons l'un pour l'autre. Chaque seconde de chaque minute de chaque heure, il se passe autre chose que ce que nous devions accepter l'un de l'autre. Nous ne vivons pas à longueur de temps, justement comme les autres, avec dans nos pensées cette éternelle plainte de regretter le passé. Où soi-disant tout était mieux entre toi et moi. Non. Nous, notre passé, nous l'entretenons au quotidien, nous laissons au temps la jouissance d'y rester. Et de nous y complaire. Nous ne vivons pas du tout non plus dans l'avenir qui nous attend malgré nous. Jusqu'au jour où, effectivement, il nous trahira pour nous séparer fatalement l'un de l'autre. Non. Nous vivons dans le présent. En l'absence du temps justement. Il s'occupera de nous après. Dans l'avenir précisément. Il s'est occupé de nous dans le passé évidemment. Mais là, dans le présent, il n'a pas son mot à dire. Car nous deux l'un pour l'autre, nous nous élevons encore. La preuve : le choix de toutes nos décisions prises pour l'autre par l'un. Oser faire ceci ou cela pour que l'autre continue à se battre. À y croire. À vivre. Et l'incroyable, c'est que cela marche. Parce que justement, obstinément, on continue à s'aimer, aucun des deux ne baissera les bras. Certains, tous les deux, que la partie continue entre nous. Nous renvoyant la balle des émotions de la vie par-dessus le filet des emmerdements. Oui, cette partie, l'arbitre qui la dirige, notre destin, donne l'avantage à l'un ou à l'autre suivant les coups tordus de la vie. Nous irons jusqu'à la balle de match, celle où notre cœur s'arrêtera avec cette volonté de nous battre sur chaque revers de la vie sans nous soucier de la toute fin.

19

L'amour, comme une carte,
ne m'a plus quitté. Elle se glisse
dans le jeu de ma vie.

Je sais que je t'aime parce que j'ai l'impression de revivre chaque jour le même jour. Depuis ton premier regard, lorsque ton regard a croisé le mien, et que j'ai non pas senti mais ressenti, en moi, un frisson. Quelque chose qui m'avait pénétré. Et ce truc qu'on va appeler l'amour, comme une carte, ne m'a plus quitté. Cette carte fait mieux : chaque jour, elle se remultiplie. Elle se glisse dans le jeu de ma vie. Elle se ressent presque dans tout. Elle se mêle de tout. Chaque jour, je veux revivre cet instant où tu es entrée en moi. Je me rends compte que j'ai retourné pas mal de fois ta carte. Pour aller en tenir d'autres en main. La vie m'en distribuait sans que je le veuille. Ou, quand elle tardait à le faire, j'avais plongé la main pour moi-même en tirer une du paquet. Je l'ai toujours regretté. Ce qui nous est donné est bien plus fort que ce que nous allons chercher. Et puis je sais bien que je finirai par tout perdre. La beauté de la vie, c'est de tout laisser derrière soi. Pour les autres. Par amour.

20

Le couple n'est jamais égalitaire.
Si l'on y regarde de près, il n'y a
jamais 1 + 1 = 2. Car, en devenant
couple, 1 et 1 deviennent 1' et 1'.

Le couple n'est jamais égalitaire. Dans aucun cas. Si l'on y regarde de près, il n'y a jamais 1 + 1 = 2. C'est faux de l'affirmer. Dans un couple, 1 + 1 = 2, ça n'existe pas. Car, en devenant couple, 1 et 1 deviennent 1' et 1'. Évoluant à la fois en mieux comme en moins bien. Chacun sur son plateau de la balance, en équilibre. C'est cette pesée d'élévation, ou de manquement, qui va faire perdurer ou s'effondrer le couple. Alors même si cela est très étonnant à admettre, il est stupide de croire que le jugement à la première impression dépendra de l'avis négatif ou positif que l'on portera sur l'autre.

C'est, à l'opposé, la seule opinion portée sur ce que nous sommes nous-mêmes devenus en couple qui l'emportera sur tout le reste ! Nous nous jugeons, nous, et non le partenaire ! Nous ne mettons pas dans la balance l'autre et nous-mêmes. Mais incontestablement 1 et 1'. Qui nous étions avant et qui nous sommes devenus en couple : un autre soi ! Avec ce réflexe inconscient, donc égoïste, de faire porter la responsabilité à l'autre de ce que nous sommes devenus en passant de 1 à 1' si nous jugeons ce 1' bien inférieur au 1 que nous étions avant. Et *a contrario* d'en tirer toute la gloire lorsque ce nouvel être 1' nous rassure et nous satisfait. Le constat est presque toujours amer. L'ancien 1 n'a pas de mal à dominer de loin le 1' qu'il est devenu. Nous sommes de si mauvaise foi que nous ne pouvons que sublimer, à tort le plus souvent, ce que nous étions avant. L'apparition du couple que nous allions, que nous nous promettions de former avec l'autre nous glorifie. Bien sûr, nous n'étions pas parfaits ! Mais n'ayant de leçon à recevoir de personne, car, libres de toute contrainte, nous osions tout. Que ce soit avec succès ou pas, nous avions au moins ce que nous avons perdu depuis : l'indépendance du jugement ! D'où notre sensation d'un mieux-être alors. Ce sentiment d'être vraiment heureux.

21

Il n'y a pas seulement cette part
d'amour que tu m'as donnée.
Mais aussi à ton insu cette part
d'amour que je t'ai volée au passage
et que je n'ai pas l'intention
de te rendre.

DIRE : « J'ai de l'amour pour toi ! », cela signifie : « J'ai de l'amour en moi ! » Celui que tu m'as confié. Dont tu m'as nourri. Oui, une part de toi est en moi. C'est la plus belle : ton amour. Ton amour a envahi mon âme. Or, sans que tu le saches, il n'y a pas seulement cette part d'amour que tu m'as donnée. Mais aussi à ton insu cette part d'amour que je t'ai volée au passage et que je n'ai pas l'intention de te rendre. Oh, ça, jamais ! Je te l'ai chipée, je la garde ! Elle m'appartient. Je souffrirais trop de devoir te la rendre. Même si tu me laisses tomber, même si tu me quittes, je la garde. Je n'ai pas envie de la partager avec qui que ce soit. Et même plus de la partager avec toi. Ce sont les rares instants où j'ai senti que tu m'aimais vraiment. Ce sourire qui pointe dans tes yeux. Cette grimace qui se fige comme une caresse de tendresse inattendue. Cette main qui caresse la mienne. Et qui se décide à l'agripper pour bien me convaincre avec fermeté que je t'appartiens. Aussitôt suivie de tes doigts croisés entre les miens, m'affirmant ainsi que tu me protèges. Cette paume qui se pose et qui finit par m'enserrer le bras pour me rassurer. Rien ne pourra m'arriver puisque tu es là pour veiller sur moi. Cette porte qui s'ouvre en douceur. Pour mieux me surprendre avec ton cadeau sous le bras. Et ton sourire idiot d'un air de dire : « Je voulais te faire une surprise ! » Ce silence gêné quand tu étais si loin de moi au téléphone et que je t'ai dit que ça n'était plus comme avant, toi et moi. Ce regard complice quand je ne retrouvais plus où j'avais garé la voiture au parking. Et que, t'empêchant d'éclater de rire, tes yeux m'avouaient que toi non plus, tu ne te rappelais pas où on avait laissé cette foutue tire.

22

Je t'aimais non pas pour le meilleur de toi, mais pour le meilleur de moi-même.

Quel est le moins que l'on puisse dire à celle qu'on aime lorsqu'on tente d'être à la fois sincère et original ? Car à quoi bon entendre ce qu'elle a dû tant de fois recevoir des autres comme une évidence. Comme une flatterie. Comme des banalités. Jusqu'au venin de vipères jalouses. Ou la rage de rats éconduits ? Qu'elle est magique ! Elle n'avait pas besoin qu'on le lui dise. Qui donc ne l'est pas ? Alors, qu'entendez-vous par là ? Qu'a-t-elle de si enchanteur ? Laissez-la patauger pour tenter d'élucider votre remarque banale au demeurant. Elle n'y parviendra pas. Quand elle aura fini de mettre en avant ses défauts et d'avancer modestement quelques qualités bien quelconques à ses yeux et partagées par tous, elle quémandera enfin que vous lui signifiez en quoi elle est si fée. Prenez donc votre temps pour répondre. Évitez votre sourire de suffisance. Votre regard sournois. Et tâchez juste de répondre sans en rajouter : « Tu es unique pour moi. » Toi. Toi. Et toi. Il n'y a que toi. Je t'aimais non pas pour le meilleur de toi, mais pour le meilleur de moi. Pour qu'il apparaisse comme par magie, qu'il prenne le dessus sur moi. Et pour te l'offrir avec raison puisque c'est grâce à toi qu'il était apparu. Je faisais tout ce que je pouvais pour oublier de t'aimer. C'est-à-dire, oui, de te protéger. De te faire jouir. De t'admirer. De te soulager. De t'exciter. De te rendre folle. Le principal étant bien sûr de te surprendre. Sans cesse. De t'étonner. Sur tout. Que tu te taises, soit, mais que tu laisses parler ton cœur. Que tes yeux me parlent.

23

Aime-toi avant d'aimer les autres.

JE SAIS POURQUOI je t'aime. Parce qu'une fois franchie la frontière de ta beauté, il y a en toi un désert. Où tu t'es perdue. Comment t'es-tu retrouvée là ? Pourquoi si vite ? On a beau comme moi vouloir te protéger, c'est en vain. C'est peut-être constructif de te laisser patauger, de croire que tu n'y arriveras jamais. Veux-tu savoir comment sortir de ce désert ? Ou veux-tu continuer à errer ? Pour t'en échapper enfin, il suffit de te regarder, toi. Et plus lui. Plus ce mirage que tu croyais être ton amour. Ce désert, il n'a jamais existé. Jamais. C'est toi qui l'as inventé pour justifier ton incapacité à choisir où aller. Cesse de vouloir. Passe au pouvoir. Tu peux tellement. Tu peux tout ce dont tu rêves. Tu peux même au-delà de tout. Commence par le plus fort : aime-toi avant d'aimer les autres.

Si tu t'aimes, ils t'aimeront. Encore plus fort.

24

Je t'aime, donc je pense à moi.
Je veux devenir meilleur.
Grâce à toi. Et pour toi.

« Je t'aime, je pense à toi. » Non mais, quelle connerie d'affirmer ça ! Et d'y croire surtout ! Alors que la réussite de l'amour, ce n'est pas du tout de ne penser qu'à l'autre ! C'est tout le contraire. On devrait affirmer : « Je t'aime, je ne pense qu'à moi ! » Ce qui veut dire que puisque je t'aime, je ne doute pas de toi, sinon je ne t'aimerais pas. Donc, je t'aime avec confiance. Et je peux enfin, parce que je t'aime, tout faire pour mériter que tu m'aimes aussi. Je t'aime, donc je pense à moi. Pour m'améliorer en tout pour toi. Je veux devenir meilleur. Grâce à toi. Et pour toi. C'est quand on n'aime plus, quand on est même encore avec quelqu'un mais qu'on n'aime plus, qu'on se laisse aller. On ne pense plus à soi. On ne fait plus attention à rien ! On s'en fout. Pourquoi tenter de paraître au mieux ? Pour qui ? Pour plaire à qui ? Il n'y a donc bien qu'une seule raison de penser à soi. Quand on a quelqu'un qu'on ne veut pas décevoir ! Quand on aime et qu'on veut être aimé ! Il faut donc tout faire pour mériter d'être aimé.

25

Que ta vie soit celle dont tu rêves
et non celle dont je rêve pour toi !

« C'EST UN ENGAGEMENT que je prends envers toi de t'aimer pour la vie. » Quelle stupidité ! J'aurais mieux fait de te jurer de t'aimer pour *ta* vie ! Parce que c'est *ta* vie qui compte ! La vie, on s'en fout. La vie, c'est celle de tous les autres. Celle que toi et moi, à deux, on va bien devoir partager. Nous y mêler, soit ! Mais surtout pour nous y fondre ! Parce que je veux justement qu'ils ne voient que nous, les autres ! Qu'ils nous jugent comme ils l'entendent, pourvu que nous, nous ne les entendions ni murmurer, ni médire, ni nous jalouser en somme. Cet encouragement à nous singulariser d'eux tous, c'est dans ton sourire que je m'y engage. Oui, c'est pour que ta vie soit celle dont tu rêves et non celle dont je rêve pour toi ! De quoi vais-je me mêler enfin ? Ce n'est certainement pas à moi de t'obliger à vivre une autre vie que celle qui t'attendait sans moi. Simplement et parce que je t'aime telle que tu es et non telle que je souhaiterais que tu sois, je vais me contenter – ce qui ne sera pas si facile que ça – de vivre à tes côtés.

Les gens affirment partager leur vie à deux. Il y avait ta vie. Il y avait la mienne. Se mettre en couple, c'est en choisir une troisième. Ensemble, nous aurions ainsi à en vivre une nouvelle. Une troisième, soit, mais équilibrée de quelle manière ? Moitié-moitié ? À parts égales ? J'imagine prendre cinquante pour cent du meilleur de ma vie, de ce qu'elle m'a apporté. Pareillement, pour toi. Formerions-nous pour autant un couple parfait ? Et si *a contrario* notre couple trouvait sa raison d'être en accolant nos pires cinquante pour cent ? Ceux que j'ai ratés dans la mienne. Comme toi dans la tienne. Crois-tu vraiment que notre amour réussirait enfin à idéaliser ce que nous avons enfoui en nous-mêmes, chacun de notre côté ? Et qu'en une thérapie commune, notre amour réciproque panserait nos plaies respectives du passé ? Comme il exalterait ce que nous avions enfoui en nous-mêmes pour le magnifier ? Alors, nous serions devenus meilleurs tous les deux simplement en réunissant nos deux existences pour les rendre, grâce à notre amour, encore plus belles. Encore plus vraies. Encore plus offertes.

26

On n'apprend pas à aimer.
Mais à être aimé, oui.

TANT QUE VOUS VOUS DIREZ que le meilleur est à venir, il aura une chance d'arriver un jour. Le meilleur n'arrive finalement que s'il est espéré. Sinon il passe son chemin. Et ne croise jamais le vôtre. Pourquoi ? Parce que cet idiot prend toutes les formes, ce caméléon est méconnaissable. Il peut, pendant des mois, des années, être face à vous ou à vos côtés. Vous ne l'avez même pas reconnu. Vous êtes passé à côté.

Ce n'est pas la manière dont tu me regardes qui me rassure. Non. C'est la façon dont tu te regardes qui m'inquiète. Moi, tu me regardes sans façon, précisément. Tu ne te méfies de rien venant de moi. Alors que tu te méfies tant de toi. Toujours. À propos de tout. Et tu te laisses aller à ne rien me cacher. Oui, tes yeux ne me cachent rien. Alors que tu te caches tant de choses à toi-même. On n'apprend pas à aimer. Mais à être aimé, oui. C'est stupéfiant. Le gâchis des gens qui n'ont jamais su se faire aimer. Se faire prendre, oui. Se faire avoir, oui. Mais se faire aimer ? Non. J'aimerais tellement que tu t'aimes aussi fort que je t'aime.

27

Lorsque tout devient noir.

L'AMOUR NE SUPPORTE PAS de susciter la compassion. « L'amour triomphe de tout » sonne comme une phrase bateau qui s'éloigne du rivage de la raison pour disparaître dans les brumes à l'horizon lointain de l'imaginaire. L'amour ne triomphe jamais de tout ! Jamais ! Bien sûr, il lui arrive de surmonter toutes sortes de drames, de lâchetés, de trahisons et de reprendre le dessus. Soit, admettons. Mais il y a bien une chose de laquelle l'amour ne peut triompher : de lui-même ! L'amour est en effet son pire ennemi. Lorsque tout devient noir, tout devient source de larmes comme jaillissement de cris. Parce que l'amour fait perdre la tête. Lorsque l'amour pousse au pire, jusqu'à l'abandon, voire jusqu'au crime, l'amour est bien alors devenu son pire adversaire. Que d'amours suicidaires sont ainsi nés ! Pour avoir aimé trop, la folie s'empare de vous. On commence par être troublé par l'autre. Puis on ne peut plus s'en passer. On est devenu fou. On l'aime à la folie. Et on finit par agir avec folie. Il n'y a plus de raison de se retenir. Que de la déraison pour aimer. Sans fin.

L'amour éclaire toujours la relation que nous avons avec nous-même. Quelle incidence merveilleuse ! À aimer les autres, on finit par s'aimer soi-même. Non pas en totalité, mais l'amour nous fait découvrir ce qui en nous est notre part aimable. Alors, il ne nous reste plus qu'à la faire mûrir. Pour qu'elle prenne de plus en plus d'importance. Jusqu'à occuper bientôt le premier rang de notre être. L'amour ne saurait se contenter d'être le cancre. Il ne peut pas se retenir d'être relégué au fond de la classe. Pour être au premier rang, celui des vainqueurs, il n'hésitera jamais à s'octroyer le droit de mettre en avant sa principale qualité à ses yeux pour obtenir ce qu'il veut : tricher.

28

Quelqu'un à sa hauteur l'attend.

Au moment de jouer le premier coup, l'homme ne peut s'empêcher de commettre l'irréparable par peur de perdre : mentir à l'adversaire. Tricher. En somme, tromper. Sans se rendre compte qu'en cherchant à mentir aux forces du destin, l'homme finit par se mentir à lui-même. Pour occuper telle ou telle place qui de toute évidence n'était pas la bonne pour lui. Dans sa famille. Dans son métier. Dans ses amours. Qui d'entre nous peut légitimement affirmer qu'il occupe non seulement la place qu'il mérite, mais aussi celle dont il rêvait ? Et notamment dans le cœur de l'autre.

Inutile de dénoncer les défauts, car ils sont là, ils font partie de chacun. Il faut se montrer avec. Les assumer. Les accepter. Les siens autant que ceux de l'autre. Il paraît aussi que « les défauts pour les uns sont des qualités pour les autres ». On devrait se demander : pourquoi les cacher ? Parce qu'on a peur de ne pas être aimé. On est déjà dans la servitude : on s'efface soi-même par peur de perdre l'autre. Comme on ne peut pas cacher bien longtemps ses défauts à celui avec lequel on vit, le salut vient en les rendant moins présents. Vous devrez alors cimenter encore plus vos qualités pour qu'elles masquent vos défauts. Qu'elles finissent par l'emporter sur eux, au bout du compte. Vous devrez soutenir encore plus les qualités de l'autre pour qu'elles ne baissent jamais les bras. On donne l'impression que l'un se bat tous les jours non pas pour vivre au naturel, mais pour construire et cimenter la personnalité de l'autre. Et un jour, on se réveille en comprenant que nos défauts, que l'on a tant combattus pour les cacher, sont toujours là. Tapis dans un coin, prêts à ressurgir dès que l'on baisse la garde. Que ce combat vous a épuisé. Pour rien. On se rend compte que ce ne sont donc pas les défauts chez l'autre qui lui collent à la peau, qui vous gênent. Ce sont ses qualités. Qui vous étouffent. Qui vous humilient. Qui vous obsèdent. Qui vous découragent. Qui vous usent peu à peu. Vous finissez par sentir en vous ce complexe à la con que vous ne pouvez plus taire : vous ne valez pas l'autre. Quelqu'un à sa hauteur l'attend. Et vous n'arriverez jamais à le satisfaire. Autant vous arrêter là. La barre est placée trop haut. Vous quittez la partie. Ce n'est pas une lâcheté envers l'autre. Mais envers vous ! Vous avez peur d'exiger de vous le meilleur ! Si vous l'aviez fait, vous auriez réussi à prouver que vous ne méritiez pas qu'on vous quitte, mais que c'est vous qui auriez dû laisser tomber cet autre qui ne vous valait pas.

29

Vivre sans toi, est-ce possible ?

Y a-t-il un langage d'amour ? On peut le penser. Forcément. Pas toujours doué de parole. Des silences en disent parfois plus long que des blablas langoureux. Mous. Bidons, en fait. Des silences lourds. Des silences de reproches. Des regards de mépris. Des gestes qui trahissent le meilleur et souvent le pire deviennent plus éloquents que les mots, qui ne sont pas assez justes pour exprimer sur l'instant même son ressenti. Il y a aussi les objets qui parlent à leur façon. Eux sont sans aucun doute pris en compte plus que tout. Car ils ne mentent jamais. Une porte qui claque. Une assiette qui se brise. Une clé qu'on balance à la figure. Une chaise qu'on renverse comme un dingue. Les ciseaux qu'on jette. Une lettre qu'on ouvre en tremblant. Mais il n'y a pas seulement un langage, il y a la conjugaison, et les fautes qui vont avec. Celle de conjuguer l'amour à plusieurs. Celle de se poser trop de questions, avec ces points d'interrogation sur tout, qui deviennent une torture. Et comment s'entendre entre nous lorsque l'un conjugue au présent et l'autre au futur ? L'un jugeant de tout sur le moment et ne voyant pas plus loin, osant affirmer que l'histoire qu'il écrit chaque jour, il le fait en prêtant attention à l'autre, tandis que l'autre se projette dans le futur pour échapper au ronron du quotidien. Pour rêver d'un ailleurs. Sans parler que l'un a sans cesse besoin de revenir au passé, de rabâcher encore ce qu'il fait si mal. Quand l'autre, à l'inverse, est décidé à construire et à aller de l'avant. Vivre sans toi, est-ce possible ? Probablement dans la plupart des cas. Que ce soit douloureux ou pas, culpabilisant ou pas, qu'on soit humilié ou pas, fou de rage ou pas, on s'y fait toujours. Ou presque, aux yeux des gens. Mais aux nôtres jamais. Sinon c'est qu'on n'a pas aimé. Oui, ce qui devient carrément insupportable, c'est de vivre sans toi alors que tu es là ! Vivre sans toi alors que tu fais semblant d'être là mais que tu n'y es plus, en fait. Dans ta tête, tu es toujours ailleurs. Et tu vas simplement continuer à te mentir à toi-même, encore mieux qu'à moi-même. Tu ne cesses de te mentir en t'affirmant, sans te persuader vraiment puisque tu me connais si bien, que tu sens parfaitement que j'ai deviné que tu ne m'aimes plus. De mon côté, j'assume sans mot dire que tu sois dans ton ailleurs avec l'espoir secret que tu en reviendras, en t'affirmant donc que je ne vois rien que ce que tu veux bien me montrer. Tu n'as pas changé, même après tout ce que nous avons traversé ensemble.

Mais moi si. Tu m'as changé.

30

Pire que la soumission : l'acceptation.

Il existe, pour certains, cet accommodement qui consiste à tout céder à l'autre. Dire oui à tout. Ne plus contredire. Ne plus critiquer. Pire que la soumission : l'acceptation. Être d'accord sur tout. Partager ses goûts si différents des vôtres. Même aller jusqu'à parler comme l'autre. Jusqu'aux expressions, jusqu'aux gestes, jusqu'au rythme même. Se cloner soi-même. Aller porter les mêmes vêtements. L'imiter en tout. Oser affirmer bien sûr que vous ne pourriez vivre sans l'autre. Et que viendra le jour terrible où vous le rejoindrez après sa mort. La vie sans l'autre ne méritant plus pour vous d'être vécue.

Respirer comme l'autre, voir comme l'autre. Vous avez alors forgé le plan vicieux de vous faire disparaître. De vous éliminer. Pour devenir l'autre.

Il serait toujours temps de revenir à vous si cela se passait mal et dégénérait entre vous. En amour, hélas, il y aura toujours un moment, une phrase de trop, un accident imprévu, un choc inattendu qui vous sortira de ce coma amoureux dans lequel vous étiez tombé. Et vous serez sauvé.

Je hais ces gens qui, soi-disant par amour, prétendent être exemplaires. Donc, aimer l'autre de la plus belle des façons qui soit : tout lui donner. Non ! Pauvres malheureux ! Vous n'aurez pas tout donné, c'est le contraire ! Vous n'aurez rien donné à l'autre : vous lui aurez tout pris. Vous lui aurez tout volé. Et en retour, vous ne lui aurez rien donné. Car l'autre, lui, n'aura rien pris de vous. Rien. Saisissez bien : au final, vous n'aimiez pas cet autre pour vous être autorisé à tout lui voler. Son soi. En sa totalité. Comme un vampire qui vous suce le sang jusqu'à la mort. Pour sa propre survie. Parce que la réalité, c'est que vous vous détestiez, vous.

31

Comme si nous ne retenions d'un lieu qui nous a enchanté que la poussière sous le tapis.

LORSQU'ON VIT À DEUX, on vit en fait à quatre. Soi et l'autre. En voilà deux. Et puis l'autre en soi et soi en l'autre. Mais est-ce vraiment la meilleure part de soi que l'autre a prise en vous ? Car comment expliquer ce glissement ? On sent que tout commence à piétiner, on perd pied. L'ombre envahit la lumière : les reproches de l'autre envers vous vous semblent injustifiés. Les reproches que vous lui faites, à juste titre, vous-même vous appuyant sur sa mauvaise part en vous, ne peuvent pas à vos yeux être remis en doute. Une seule issue s'impose : en finir. Pour n'avoir pas su peser chez l'autre ce qui aurait dû dominer : la bonne part. Celle que vous auriez pu emporter en vous. En laissant la mauvaise s'effacer. Ne pesant pas si lourd que ça. Comment justifier cet acharnement à ne retenir de l'autre que ses manques ? Comment également ne pas se suffire de toutes ces qualités qui, elles les premières, nous avaient tant attiré ? Comment avoir commis l'impair de n'avoir été obsédé que par les zones d'ombre ? Alors que la lumière de cet être qu'on aimait éclairait si tendrement notre âme ? Comme si nous ne retenions d'un lieu qui nous a enchanté que la poussière sous le tapis. Que la saleté d'entre-portes. Que les traces mal cernées. Ou l'odeur rance qui l'envahit. Probablement avons-nous laissé mûrir cet abcès au cœur qui a faussé notre jugement : la perte de confiance. La perte de confiance en l'autre. Jusqu'à le soupçonner de tous les maux. Et pire encore : la perte de confiance en soi. Cette impuissance à combler tous les désirs de l'autre. Cette révélation à deux sous, qui nous étreint au détour d'un mot banal qui vexe. D'un geste maladroit qui humilie. D'un regard méprisant qui trouble. D'un sourire malvenu qui agace. Cette révélation inattendue qui, soudainement comme un courant d'air, vous glace l'âme. Cette stupéfaction imprévue, cette réalité crue : l'indifférence.

Le cœur est troué comme une poche sans fond. Il ne retient plus rien. Il ne bat plus. Il bégaie. Pour finir par ne plus vous parler. Muet.

32

Je t'aime. Tu ne changeras jamais.
C'est seulement ma façon de te voir
qui, elle, change !

JE T'AIME. Tu ne changeras jamais. C'est seulement ma façon de te voir qui, elle, change ! Pour qui te prends-tu de te mêler de ce qui me regarde ? Et ne regarde que moi ? En ce qui me concerne, je n'ai pas besoin de toi pour décider pour moi. Tu me rétorques quand tu ne sais plus quoi dire en pleine dispute : « Tu n'as rien fait pour moi ! Tu ne penses qu'à toi ! » Je vais te répondre, si tu permets. Puisque j'en étais incapable avant. Tu ne m'aurais pas laissé m'exprimer. Eh bien, je n'ai rien fait pour toi, c'est vrai ! Cent fois vrai. Pourquoi ? Parce que ce qui comptait pour moi, pour que tu sois heureuse et donc fière de ta vie, c'était non pas de faire pour toi quelque chose mais de faire de toi quelqu'un.

33

Aimer mal, c'est avoir la prétention de croire qu'en aimant quelqu'un, on va en faire quelqu'un de mieux.

Ce serait si simple, pourtant, de tout nous avouer. Toi, que tu ne m'aimes plus. Moi, que je t'aime trop. Donc, que je t'aime mal. Ça veut dire quoi ? Qu'aimer mal, c'est avoir la prétention de croire qu'en aimant quelqu'un, on va en faire quelqu'un de mieux. De plus épanoui. De plus vrai. Donc, de plus heureux. Quelqu'un rendu plus fier. Qui se persuade enfin de servir à quelque chose. D'apporter quelque chose. Comme si vous aviez su sortir de lui ce qu'il n'osait pas offrir. Or, au lieu de réussir, on échoue. Pourquoi ? Parce que plus vous en ferez pour quelqu'un, plus la personne se cabrera. Plus elle se méfiera. Avec raison. Car vous, macho que vous êtes, avez la prétention de lui apporter ce que vous croyez bon pour elle, comme

cela l'est pour vous, mais qui ne correspond pas à sa personnalité. Vous avez commis l'erreur de vous mettre à sa place ! Alors, au contraire, elle doutera encore plus d'elle-même. Persuadée qu'elle ne pourra jamais faire autant pour vous que ce que vous aurez fait pour elle. Elle supportera de moins en moins de tout vous devoir. Et qu'en contrepartie, vous n'acceptiez pas d'elle ce qu'elle accepte de vous. Ne plus pouvoir vivre sans vous. Parvenue au sommet de ce que vous aurez fait pour elle, elle réfléchira. Et si elle vous aime comme une folle, il y aura une chance ou plutôt une malchance sur deux que lui vienne à l'esprit cette réflexion qui tue et va tuer votre amour : « Ce qu'il a fait pour moi, pourquoi ne le ferait-il pas pour une autre ? »
Ce que j'étais avant toi méritait-il davantage de la vie que celui que tu as fait de moi ? Car c'est bien toi qui as fait de moi celui que je suis devenu, que tu le veuilles ou non. Tu as bien coloré mon âme. La couleur de la tienne s'y est mêlée. Et l'a envahie. À tort ou à raison ? En quelle proportion m'a-t-elle atteint ? J'imagine que, par réaction, j'ai bien tenté de te laisser faire disparaître en moi ce qui ne méritait pas d'être. Mais y ai-je réussi ? N'as-tu pas au contraire effacé tout ce qui méritait d'exister en moi pour me façonner à ta guise ? Suis-je en fin de compte soumis à toi ? Jusqu'à non seulement me contenter de l'accepter, mais ne plus pouvoir m'en passer ? Ne pouvoir vivre que sous toi ?

34

Tu m'étouffes. Tu m'emprisonnes.
Tu m'uses. Je deviens cendres.

On commence par croire qu'elle vous est redevable de tout. On se prend imbécilement pour son Dieu. Ce n'est même plus du machisme. C'est pire. Ça relève plutôt du rapport de maître à esclave. Soudain, on tombe de haut. L'esclave, c'était vous.

On ne supporte plus l'autre parce qu'on se sent mal aimé. C'est quoi alors se sentir mal aimé ? Avoir tout faux. Aux yeux de l'autre sur ce qu'on lui apporte. C'est-à-dire ce qu'on fait pour elle. Et sur ce que lui nous offre et qu'on méprise. Rien ne va parce que tout est pris de travers. Tu veux par exemple m'aider, mais tu t'y prends tellement mal ! Tu commets l'insupportable manie de vouloir prendre ma place ! Mais sérieusement ! Tu ne cherches pas à savoir ce que je pense de ceci ou cela. Ni à connaître quelles sont mes raisons. Par exemple de prendre tel ou tel plat. De me lever à telle ou telle heure. De m'habiller de telle ou telle façon. De lire ça et pas ça. De marcher aussi vite. De ne pas dire un mot parce que ça ne te viendrait pas à l'idée que je puisse me taire pour réfléchir ou simplement parce que j'ai envie de silence. Tu n'as, toi, qu'une idée en tête : tu sais mieux que moi ce que je pense vraiment. Ce que je cherche vraiment. Ce qui me plairait vraiment. Surtout ce que je ne sais pas moi-même. Non seulement tu es dans ma tête, mais toi seule es capable d'y voir clair. Alors que je ne suis même plus capable, de moi-même, d'y voir le vrai. Tu fais pire que de m'affirmer que tu sais mieux que moi ce que je ressens. Tu t'acharnes à me convaincre que j'ai tout faux. Et que toi, tu sais vraiment ce que je n'ose pas m'avouer. C'est comme si j'avais perdu toute faculté à peser les choses. Ce que j'aime ou ce que je n'aime pas m'échappe totalement. Heureusement, à tes yeux, que tu es là pour me guider. Pour m'éviter le pire. Car, sans toi et malgré ta précieuse aide, le mal serait déjà fait. Heureusement que ton amour pour moi te poussera à faire au mieux pour réparer la casse. En réalité, toute cette emprise que tu génères sur moi, toute cette soumission que je te dois, ne relève que d'une obsession maladive. Qui comme un virus se propage sournoisement dans un couple : protéger l'autre. C'est insupportable. D'abord, parce que, parfois, il va de soi que des choses m'échappent, parce qu'elles me paraissent anodines et peu importantes quant à leurs conséquences ; alors, faisant comme tout le monde, je fais des mauvais choix, je m'embarque là où il n'aurait pas fallu, je m'égare et me nuis à moi-même, car ce n'est pas à toi de te mêler de ça. Ces manquements vont la plupart du temps à l'encontre de ce qui va me faire progresser.

Tu m'étouffes. Tu m'emprisonnes. Tu m'uses. Je deviens cendres.

35

Nous n'étions plus unis.
Nous étions liés.

Le problème n'était pas de peser si tu m'aimais ou pas. Et ni – une fois convaincue que tu ne m'aimais plus, en tout cas plus autant que celui que j'étais avant toi et qui avait disparu – de savoir vraiment si tu avais une chance de me sauver. En m'ouvrant les yeux sur mon gâchis. En me faisant enfin réagir. Mais non ! Malheureusement. Le vrai problème était que tu avais perdu cette seule chose qui nous unissait : la confiance. Nous n'étions plus unis. Par l'amour. Par le désir. Par la joie. Nous étions liés. Par l'habitude. Par la peur. De tout casser. De tout remettre en question. De commettre l'irréparable. Ce n'était pas définitif. Je m'en persuadais. Après tout, il suffit d'un rien pour se raccrocher à l'événement inattendu. Une bouffée d'air pur pour que la confiance revienne. Des nœuds de problèmes d'argent qui sont enfin résolus par l'arrivée inespérée d'une manne financière. Au soulagement succède alors la reconnaissance de l'effort accompli ensemble. Et toutes les angoisses accumulées disparaissent. Et tout s'arrange alors. Ce rien bienfaiteur peut aussi venir d'un brusque regain de compréhension, d'un rire complice à propos de rien. D'un désir sexuel qui réapparaît sans qu'on sache pourquoi. Mais si l'inattendu en question peut tout changer pour l'autre, tu sais très bien que pour soi-même il est rare ou quasiment impossible de se surprendre. Sauf dans l'excès. D'amour ou de haine. De tendresse étouffante ou de colère apaisée. Tout peut même s'inverser. Mais la vérité, c'est qu'on ne se surprend pour ainsi dire jamais. Il n'y a qu'une alternative : être fier de soi ou ne l'être pas. Et personne ne peut le faire à votre place. On peut être fier *de* vous. Mais on ne peut pas être fier *pour* vous. Et cette fierté de soi-même, par ma faute, tu l'as perdue. Comment pourrais-tu l'être, fière, en face de ton échec : notre amour ? Comment me pardonner de ne pas avoir vu venir le malaise ?

Comment ne pas avoir redressé la barre quand il était encore temps ? Et si, de ton côté, tu te sentais perdue, je veux que tu saches que, du mien, je ressentais cette solitude à deux insupportable. Quand on a beau être deux et qu'inexorablement, on ne fait plus qu'un plus un. Plus exactement un *et* un, chacun de son côté. J'errais dans le labyrinthe de mes pensées, incapable de trouver la sortie, la seule susceptible de te satisfaire. Je ne me sentais donc plus aimé. La peau ne ment pas. La tienne ne voulait plus partager avec moi. Elle était déjà ailleurs. Réservée à d'autres. Ou, plus grave encore, à un seul autre. Comme si je la souillais en la touchant. En la prenant. En la caressant. En la mordant, ce n'est plus ton cœur que je croyais mordre, c'est le mien que je dévorais peu à peu.

36

Vous séparer de l'autre, c'est possible.
Mais vous séparer de vous-même ?

Avant de chercher à accabler l'autre, accusez-vous vous-même. Cherchez la raison de l'échec. C'est vous qui avez fait le mauvais choix. Soit par votre propre volonté, soit en vous étant laissé séduire. Fallait-il que vous soyez si sûr de vous quand même ! Pour deux raisons qui vous ont toujours aveuglé. D'une part, pas une seconde, vous n'avez douté que cet autre puisse vous aimer autant que vous méritez de l'être. D'autre part, vous étiez parfaitement sûr de votre choix. C'est vous qui l'avez voulu. Mais le penchant pour quelqu'un, une fois ce quelqu'un acquis, n'est que le début d'une histoire, pas une fin. Pencher vers quoi que ce soit n'est pas faire avec. Et puisque vous étiez si certain de mériter que l'on vous aime, méritiez-vous encore de l'être une fois en demeure de faire avec ? La seule réponse honnête, lucide, c'est d'avouer que non. Car ce que vous n'avez pas imaginé, c'est que le fait de vivre à deux, et donc pour deux, allait totalement changer votre caractère. Comment allez-vous vous conduire désormais ? Une vie à deux est toute différente de celle que vous meniez auparavant. Il ne suffit pas, contrairement à ce que vous pensiez, d'ajouter un plus à votre vie habituelle. Comme si vous deviez en consacrer une partie évidente à l'autre en lui accordant toute votre attention et toute votre admiration. Mais non, voyons ! Il n'était pas question de changer radicalement ce que vous viviez. Vous vous donniez tous les ordres. Vous vous apportiez aussi toutes les réponses. C'est vraiment fini. Vous devrez convaincre l'autre pour la moindre chose. Et apprendre à céder. Sur tout, parfois. L'autre aussi a commis la même erreur. Celle de sous-estimer combien il faudrait accepter de se quitter soi-même pour accepter l'autre. Ce que vous étiez n'est plus. Ce que vous allez devenir n'est pas encore là. Vous et l'autre êtes comme les deux plateaux d'une balance. Vous n'allez rien enlever chacun de votre côté. Vous êtes désormais en balance. Il s'agit de peser aussi lourd que l'autre pour que le couple s'équilibre. Sinon ça ne marchera pas. Vous allez repartir de zéro.

Vous séparer de l'autre, c'est possible. Mais vous séparer de vous-même ?

Vous séparer de l'autre, c'est fait. Vous séparer de vous-même, ça ne le sera jamais. Et sans l'autre, seul avec vous-même, pourrez-vous vraiment vous supporter ?

37

L'autre vous avait, pourtant, adressé
de nombreux signaux.
Mais vous n'avez rien voulu voir.
Vous aviez une si haute idée
de vous-même !

POUR L'AUTRE, vous ne comptez plus. Vous n'êtes plus le plus important pour lui. Pour elle. Vous êtes passé au second plan. Et chaque jour vous perdez pied. Davantage. Jusqu'où et jusqu'à quand allez-vous continuer à redescendre ? Sans aucun espoir d'inverser la tendance ? La chute est désormais inexorable. L'indifférence en question irréversible. Non seulement vous n'avez d'autre choix que de l'accepter, mais aussi d'en porter la responsabilité. Car il va de soi que tout est votre faute. L'autre vous avait, pourtant, adressé de nombreux signaux. Mais vous n'avez rien voulu voir. Vous aviez une si haute idée de vous-même ! L'autre n'avait qu'à se plier, d'ailleurs, à toutes vos volontés. Vous pensiez qu'elle ou qu'il vous devait tout. Ne comptait que sur vous. Ne vivait que pour vous. D'ailleurs, c'est davantage votre manque d'attention, votre aveuglement volontaire ou pas, qui ont mis le feu aux poudres. Si encore vous y aviez mis du vôtre. Au moment – car il y en avait un – où tout aurait encore pu s'arranger. Mais non. Parce que quelqu'un comme vous ne peut admettre de se tromper. Quelqu'un comme vous n'avouera jamais ses fautes. Ni surtout ses mensonges. Sauf pour en justifier la nécessité. Afin, soi-disant, de ne pas blesser l'autre, justement. Ou pour ne pas envenimer les choses sur ce qui visiblement, à froid, n'en valait pas la peine. Mais en amour, rien ne se récolte. Jamais. Le pardon n'est rien d'autre qu'un hypocrite trompe-l'œil. Au moins, adoptez donc la seule attitude digne de ce couple que vous formiez : laissez tomber. Partez ! Plus qu'un abandon douloureux, que ce soit vraiment une séparation. Sans reproches. Sans mépris. Sans retour possible.

38

Ne plus se sentir aimé est atroce.
Il n'y a jamais de retour.

NE PLUS SE SENTIR AIMÉ est atroce. Il n'y a jamais de retour. Personne ne se remet d'une telle chute. Avec cet arrière-goût amer que non seulement c'est fini, terminé, mort, mais qu'en plus, on l'a bien cherché. Qu'on nous avait maintes fois prévenu, mis en garde avant l'irréparable. Mais qu'on n'a rien voulu savoir. Nous étions au-dessus de ça. Et si sûr de nous ! Les signes avant-coureurs étaient si faciles à saisir pourtant. Le fait de toujours avoir la parole coupée par l'autre. Le fait de vexer l'autre en ne prêtant aucune attention à ses petites attentions. Le fait de devenir de plus en plus maniaque. Sur des riens à la con. Le rangement du savon, du rasoir, de la brosse à dents, la serviette qui traîne encore de mon côté. Le fait de se négliger. De ne plus faire attention, pas pour soi, mais pour elle au fond. Le peignoir une fois de plus à terre. Après la douche, le pommeau jamais remis. Les chaussettes sales sous le lit, oubliées comme le reste. La chemise au col pas net. Le portable, putain, qui sonne encore au moment où il ne faut pas. Et l'éternelle absence quand on lui parle. « Tu me disais quoi, là ? » « T'avais qu'à écouter. » Les dizaines de dizaines de « t'avais » ! « T'avais qu'à y penser avant. » « T'avais qu'à le ranger. » « T'avais qu'à le faire à temps. » « T'avais cru quoi ? » « T'avais jamais pensé à ça, j'en suis sûre. » « T'avais qu'à en choisir une autre ! » « T'avais qu'à pas lui dire ! » « T'avais qu'à tout refaire ! » Peu importent les mille raisons, justifiées ou pas, pour lesquelles tu m'as laissé tomber tout en faisant comme si tu étais toujours là. Il n'y en a qu'une à mes yeux qui prévaut sur toutes : tu as trouvé mieux ailleurs.

Tu ne m'aimes plus. Et je comprends encore autre chose qui m'écrase totalement et me prouve ma nullité. Et mon évidence d'avoir cru que tout m'était dû.

39

J'avais, moi, tout dans les mains.
Et comme du sable d'or coulant entre mes doigts, j'ai tout laissé s'enfuir.

Tu te demandes à présent comment une femme comme toi a pu perdre son temps avec moi. Être si aveugle ! Me magnifier à ce point alors que je n'en valais pas la peine. Tu ne pars pas uniquement pour en finir et raturer ce pan de ta vie avec moi : tu pars pour l'effacer. De ta mémoire. Tu le pourras sans problème en passant à quelqu'un d'autre de plus neuf. Tu ne sentiras plus mes mains sur les tiennes. Mes lèvres sur ton cou. Mes bras t'enlaçant. Mes yeux sur toi émerveillés. Mon souffle en ta bouche. Ma peau gonflée de mon sang en toi. L'autre aura pris ma place. L'autre ou les autres. Les autres ou tant d'autres. J'aurai beau me persuader que tu ne seras jamais la même avec eux qu'avec moi, que jamais tu ne dormiras contre eux comme avec moi, que, même absent, tu ne m'oublieras pas, je sais que c'est faux. Parce que tu t'oublieras avec eux. Au lieu de m'oublier – ce qui n'avait plus aucune importance –, c'est toi qui t'oublieras quand eux seront en toi. Moi, je ne pourrai malheureusement pas m'oublier. Plus jamais. Je n'oublierai pas ce crétin aveugle, cet idiot sourd, ce naïf muet que j'ai été avec toi. Parce que, sans toi, lui ne quittera pas ce raté. Lui qui m'aura tout fait perdre. Et qui marchera toujours à mes côtés. Telle une ombre mais détachée de moi. Qui se moquera sans cesse de moi. Qui ne cessera jamais jusqu'au bout de ricaner, de grimaces en rictus. Je sentirai son humeur aigre m'envahir. Peu importent les joies futures, mes récompenses de vie, mes bonheurs. Cette ombre sera derrière mon épaule. Pour se foutre de moi. Me rappelant que, malgré tous mes prétendus efforts, je ne changerai jamais ! J'avais, moi, tout dans les mains. Et comme du sable d'or coulant entre mes doigts, j'ai tout laissé s'enfuir.

40

Je ne peux pas m'empêcher de t'aimer.
C'est tout à fait involontaire.

C'est ainsi, je ne peux pas faire autrement. Et même si je le pouvais, je ne voudrais pas. Je ne sais pas lequel des deux est le plus fort : mon amour ou mon admiration pour toi. Deux choses bien différentes. Et tout à fait contradictoires. Mais indissociables pour mon cas. Passant de l'une à l'autre, elles justifient mes sautes d'humeur envers toi. T'aimer et t'admirer. Je ne peux pas m'empêcher de t'aimer. C'est tout à fait involontaire. Si j'avais pu y réfléchir avant, je ne me serais peut-être pas obéi si aveuglément en décidant d'assumer cet amour. J'y aurais regardé à deux fois. Et surtout, je t'aurais tout de suite non seulement comparée aux autres pour être bien sûr d'avoir fait le meilleur choix pour moi, mais je me serais machinalement demandé si, de mon côté, moi, j'étais le meilleur choix pour toi ! D'où mon admiration automatique pour toi. Sachant combien tu avais de courage de m'accepter. Ne me supportant pas moi-même, j'étais donc bien placé pour peser à sa juste valeur ce don que tu me faisais de toi. Tu auras bien mérité toute ma reconnaissance durant toutes ces années pour m'avoir accepté. Pour avoir aimé. Je te dois tout.

41

Tu fais partie de moi. Et je t'emmènerai
partout. Quand je serai mort,
tout sera encore en moi.
Là-bas dans l'au-delà du visible.

Combien de temps me reste-t-il à me supporter ? Certainement tant que je pourrai donner le change aux autres. À tous les autres. Et même à l'autre, cet être qui partage ma vie. Pourtant, quand on y pense, on n'est jamais capable de donner le change qu'à soi-même. Par des faux-semblants, des excuses, des questionnements : des « non, je n'ai pas si tort que ça » aux « j'aurais peut-être pu faire mieux » ! Des « personne ne me comprend, alors tant pis » aux « pourquoi ai-je pu me tromper à ce point-là ? » La douleur la plus intense est sans doute celle de ne plus s'aimer. En avoir marre de soi encore plus que des autres.

Comme une tumeur d'âme. Insoignable celle-là. Et qui finira par prendre le dessus. Le dernier jour.

Quoi de plus beau que de dire à quelqu'un : « Tu fais partie de moi » ! Mais voyons enfin ! C'est beaucoup plus rare que de dire : « Je t'aime ! » Je t'aime la rose. Je t'aime le ciel. Je t'aime le bleu. Je t'aime la mer. Je t'aime le parfum. Je t'aime le citron. En quoi font-ils partie de moi ? Mais toi, tu en fais partie ! Oui. Tu fais partie de moi. Et je t'emmènerai partout. Quand je serai mort, tout sera encore en moi. Là-bas dans l'au-delà du visible. Oui, lorsqu'on a eu la chance d'être touché par un film ou une pièce, il nous en reste quelque chose de rare. Comme le visage de Peter O'Toole dans *Lawrence d'Arabie*. Ou la détresse de Laurence Olivier lorsque Merle Oberon meurt dans *Les Hauts de Hurlevent*, ou les yeux bouleversants de Jean Gabin debout, statufié, le cadavre de son fils à ses pieds dans *Les Grandes Familles*.

Tant et tant d'inoubliables émotions qui nous ont déchiré le cœur. Qui nous ont brûlé l'âme à jamais. Tant de morceaux de musique, de voix, de regards, d'images, de silences qui font partie de nous. Or, la vie, elle, nous déverse plus d'horreurs que de beautés.

42

Vous comprenez que vous ne vivez pas ensemble, mais à côté.

Ce que nous sommes devenu, cet autre, n'a rien à voir avec ce que nous pensions devenir en vivant à deux. Ce que nous espérions être une expérience vivifiante ne s'avère en réalité que compromission quotidienne. Arrondir les angles est dès lors devenu notre seule obsession continuelle. Alors le couperet tombe, qui vous convainc définitivement de cette erreur tragique : vous comprenez que vous ne vivez pas ensemble, mais à côté. Que vous n'êtes pas unis mais noués. Que vous ne regardez pas vers l'avant, mais que vous baissez les yeux. Ne les relevant que pour mieux regarder en arrière. Quand tout était sincèrement bien mieux. Et que vous-même étiez mieux. Que l'autre aussi était lui-même alors. Et c'est cet autre-là que vous aimiez. Pas celui qu'il est devenu avec vous. Comme vous n'aimez plus non plus ce que vous-même êtes devenu. Vous vous apercevez encore que votre couple est à présent non pas un côte-à-côte mais bien un face-à-face ! Plus exact encore : non pas un face-à-face avec l'autre, comme si vous et lui aviez à en découdre, mais un face-à-face avec vous-même. Et la partie est perdue d'avance pour celui que vous êtes devenu.

43

Aimer, c'est escalader sa vie en cordée avec l'autre.

ALORS, QUE FAIRE ? Tout avouer à l'autre après vous être tout avoué à vous-même ? En aurez-vous le courage ? Ferez-vous preuve de cette honnêteté-là ? Ou vous défilerez-vous comme d'habitude ?

Irez-vous jusqu'à continuer à vous mentir ? En vous persuadant que les choses vont changer encore ? Que le temps burinera tout ça ? Et que finalement tout ne va pas si mal que vous le prétendez ? Au bout du compte, la fierté d'avoir réussi votre couple, même avec les imperfections d'usage, l'emportera sur tout. Vous y croyez vraiment ? Bien sûr que non ! Mais pourquoi, comme tout le monde, ne pas faire semblant d'y croire ?

Je ne suis pas sûr que les gens soient aussi heureux qu'ils le prétendent. Ou qu'ils osent l'affirmer.

Nous sommes tous une pièce, avec son avers et son revers. Face, ce que l'on montre. Pile, ce que l'on cache.

Face, ce qu'on ose dire. Pile, ce que l'on tait. Face, ce qui ment. Aux autres. Pile, ce qui ment aussi, mais à nous-même. Oui, ces mensonges que l'on garde pour soi. Le monde est une poche où se baladent, s'entrechoquent, s'enfoncent, disparaissent sous le nombre, étouffent des millions de pièces. Quand il en a marre, le monde, il en jette, des pièces. Certaines brillent. D'autres sont si ternes qu'on ne fait même pas attention à elles. Menu fretin. Hop ! Poubelle. Une pièce n'a de sens que si elle circule. Ainsi, ce sont les autres qui nous font exister. Aimer, c'est escalader sa vie en cordée avec l'autre. Quitte à chuter. Puis à remonter. Une fois en haut, au sommet de ce que l'on peut faire, de ce que l'on peut être, on se jette enfin dans le vide. D'autres escaladeront la montagne après tout. Celle des préjugés. Des trahisons. Des erreurs. Des échecs. Où se trouvent la joie, les crevasses de joie ? De l'autre côté justement. Celui que les autres voient. L'autre face. Celle qui vous attend à mesure que vous montez. Ne regardez jamais en arrière pendant l'ascension. Pire qu'une erreur, ce serait une faute. Regardez plutôt en vous-même ! Tenez bon ! Soit vous pouvez être fier de ce qui est derrière vous. Alors cela vous coupe les jambes ! Serez-vous encore capable de faire aussi bien ? Soit vous en avez honte, et vous n'osez plus avancer. Vous ne devez avoir qu'un seul appétit : l'avenir. Et pour y arriver une seule méthode : bouffer le présent. Et une seule règle : goûter à tout. Le menu de la vie est suffisamment riche pour vous nourrir. De toutes ces émotions. De ces larmes ou de ces rires qui vous habiteront. Au moment de partir, on se demande toujours : « Qu'est-ce que j'ai oublié ? » Qui n'oublie rien dans sa vie ? De dire bonjour. De dire au revoir. De dire je t'aime. C'est à eux, ces êtres qui n'aiment qu'eux en réalité, oui, c'est à eux qu'ils se bouffent un « bonjour » murmuré. À eux encore qu'ils pissent un « au revoir » sifflé comme un chien qui laisserait trace de son passage. Quant aux « je t'aime ! », ils n'oublient jamais de se le répéter mais, bien sûr, pour eux-mêmes. Tellement ils s'adorent ! Et ils ne cessent de s'en persuader. C'est donc facile pour eux de partir en oubliant le principal. Cette seule raison d'aimer quelqu'un : lui laisser une part de vous. Qui reste en l'autre quand vous n'êtes plus là.

44

L'amour a sa résidence principale :
vous. Et puis sa résidence secondaire :
la maîtresse, l'amant. Et aussi
sa villégiature : la rencontre imprévue.

L'AMOUR VOUS HABITE, dit-on. Possible. Souhaitable, même. Il paraît qu'il a pour habitude d'être en deux ou trois endroits différents en même temps, qu'il a le don d'ubiquité. L'amour a sa résidence principale : vous. Et puis sa résidence secondaire : la maîtresse, l'amant. Et aussi sa villégiature : la rencontre imprévue. N'importe qui et n'importe où. Car, en dehors de ses infidélités, il y a aussi sa fiabilité. En quelque sorte, il y a de la fiabilité dans ses infidélités. Mais alors comment lui faire confiance ? Comment être assuré qu'il règle son loyer, le bougre ? Ce n'est pas le tout de vous habiter, d'avoir eu le désir d'être en vous et de ne plus vous lâcher, encore faudrait-il qu'il assume ses charges ! Et elles sont nombreuses ! Puisqu'il est en vous, il doit bien s'y conduire. Vous traiter comme vous le méritez. Faire le ménage régulièrement ! Vous faire du bien, donc. Vous rendre l'âme propre. Éteindre en partant toute querelle du moment. Ne pas laisser les courants d'air des mauvaises langues refroidir votre couple. Vous faire confiance. En tout. Parce que vous avez confiance en lui.

45

Je n'étais plus que l'ombre de celui qui t'avait séduite.

LA PREMIÈRE CHOSE à faire quand on apprend à monter à cheval, c'est d'en tomber ! Une fois la chute digérée, on ne se laissera plus faire. La vigilance sera constante. Notre corps n'aura même plus besoin de notre soutien. Notre attention, notre peur seront sans cesse présentes malgré nous pour nous obliger à nous méfier désormais non seulement du cheval, de ses écarts imprévisibles et si soudains, mais aussi de nous-même. Dont la déconcentration, la fatuité aussi d'être un si bon cavalier à qui rien ne pourrait arriver, bien dans les étriers qui assurent parfaitement l'assiette, caressant l'encolure de la bête, rênes bien en mains tendues juste ce qu'il faut, nous aveuglent.

En couple avec toi, je suis aussi tombé des nues comme on tombe de cheval parce que tu m'avais menti, ou trompé avec un autre, ou quand ton regard de rage virait au mépris et enfin, pire, à l'indifférence. Oui, j'ai cru bêtement, c'est le cas de le dire, vraiment cru que je remonterais en selle. Et que cette fois rien ne me troublerait plus. Rien ne me ferait rechuter. Que la certitude de m'attendre à tout avec toi me permettrait de mieux voir venir les choses. Et que notre amour repartirait sur du solide. Du sûr. Sur une confiance à nouveau accordée. Je me suis complètement planté. Car c'est toi qui avais perdu toute confiance en moi ! En premier lieu, parce que tu ne t'en sentais plus capable : car, en vérité, si j'avais été à la hauteur, tu ne serais jamais allée voir ailleurs. Ensuite, en t'innocentant, tu allais même jusqu'à te persuader que tu n'avais dérivé que pour te sacrifier ! Car tu voulais ainsi me sauver, moi ! Oui !

C'était très clair à tes yeux. En décidant de me quitter, tu ne le faisais pas pour ton plaisir. Mais pour que mon déplaisir me fasse réagir ! Pour que je me réveille, enfin ! Que je réapprenne à me battre. Persuadé de mon amour pour toi, je n'avais fait que me contenter du train-train quotidien comme si tu faisais partie des meubles. Tout m'était dû. Sans le moindre effort. Je n'étais plus que l'ombre de celui qui t'avait séduite. Ce mollusque qui à présent ne cessait de t'oublier en ne se souciant plus ni de te surprendre ni de te rendre heureuse. Tout était déjà derrière nous. Et moi surtout. Tu marchais devant sans savoir où tu allais, ni comment y parvenir. Mais, détachée de moi, tu t'éloignais, refusant toi aussi de ne plus avancer à mon rythme. Alors, me faire du mal pour me forcer à réagir avait été à tes yeux la bonne réaction. La seule chose à commettre pour sauver notre couple, dont j'étais seul responsable de l'effritement. Ton raisonnement partait d'un bon sentiment. Celui de recommencer à nous aimer n'avait qu'un défaut. Majeur. Et qui t'avait complètement échappé. Ce n'est pas moi que tu fuyais parce que j'étais devenu égoïste, imbu, si certain que j'étais que, quoi qu'il arrive, ou plutôt que puisqu'il n'arrivait rien, rien ne changerait. Et que notre amour, protégé en quelque sorte, resterait solide. Non, ce n'était pas ce zombie que tu fuyais, c'était toi. Bien plus que cet homme si prévisible que j'étais devenu, et qui refusait l'imprévisible justement : une soirée imprévue, folle, déjantée, trois jours à Londres, un aller-retour à Berlin, un séjour à Nice, Moscou ou Barcelone, ou simplement faire l'amour dans un bateau, partir au pôle Nord ou visiter le Prado, peu importe ! L'important étant de vivre, s'étonner, rire, déconner, bouger, quoi, découvrir d'autres mondes, d'autres gens, d'autres ciels, d'autres nuits, pour finir par se découvrir soi, oui : bien plus que ce minable compagnon que j'étais devenu, c'est toi que tu fuyais, toi que tu ne supportais plus. Toi qui n'arrivais plus à respirer. Toi qui décidais de refuser d'accepter cette autre que tu étais peu à peu devenue et en laquelle tu ne te reconnaissais pas : une mal baisée. Qui s'emmerdait. Qui voyait fuir le temps. Et sa jeunesse avec.

46

Nous étions faits l'un pour l'autre.
Mais pas l'un avec l'autre.

NOUS NOUS SOMMES AIMÉS, oui. Je sais bien que tu n'aimeras jamais plus. Plus aussi fort. À en mourir. Nous étions faits l'un pour l'autre. Mais pas l'un avec l'autre. Nous ne sommes plus ce couple qui s'était tant promis : « Je ferai tout pour toi. » « Tu feras tout pour moi ! » Mais nous n'avons pas été foutus de faire tout pour nous. Ce *nous*, nous l'avons loupé. Il était devant nous. Nous n'avons pas été jusqu'à lui. Il s'invitait à nous. Mais cet invité, nous l'avons évité. Tu m'as quitté pour un autre. Elles m'ont toutes quitté pour un autre. J'avais beau à chaque fois regarder ces hommes sous tous les angles : le marrant. Le larmoyant. Le dingue. Le maqué. Le drogué. Le violent. Le baiseur. Le baisé. Le friqué. Le taré. Le pas là. Le collant… J'avais beau me persuader que le temps jouait pour moi, que pas un ne tiendrait, que tu finirais par te lasser d'eux mais pire, par te lasser de toi-même, et qu'alors tu me reviendrais ; j'avais beau me réjouir de leur médiocrité, à toutes ces têtes qui étaient bien de celles qui n'étaient pas sorties du bon côté, l'imprévu est arrivé. J'ai fini par ne plus t'attendre. Je n'ai pas fui. Je t'ai effacée. Après t'avoir longtemps retrouvée dans toutes les autres. Mais en t'effaçant, j'effaçais aussi ma vie. Ma vie d'amour.

47

Quand on quitte un bureau,
on commence par vider les tiroirs.
Mais quand on quitte quelqu'un,
c'est quoi les tiroirs ?

QUAND ON QUITTE un appartement, un studio, un bureau, on commence par vider les tiroirs. On jette ce qu'il y a à jeter. Pour garder l'essentiel ! Ce qu'on veut garder avec soi. Mais quand on quitte quelqu'un, c'est quoi les tiroirs ? S'ils sont pleins, ces tiroirs, c'est qu'on avait des choses à y mettre. Mais pas que des bons souvenirs qu'on a à cœur de conserver. Non ! Ceux-là, il n'y a pas à les ranger dans un tiroir. Non, il n'y a pas à les cacher. On n'en a pas honte. On veut les garder sur soi. En poche. Et ne jamais cesser de les consulter. Pour les revivre. En jouir encore. Retrouver l'état de bien-être, de joie, de lumière qu'ils nous ont procuré. Non, je parle des autres tiroirs. Ceux que l'on ferme à clé. Par dépit. Par peur. Pour justement ne jamais avoir à les revivre. Qu'ont-ils de si dangereux ? Ils ont de quoi raviver notre jalousie. Notre profonde détresse. Notre haine. Notre peur. Notre lâcheté aussi. Comme justement celle de ne pas les revivre pour mieux saisir notre responsabilité.

Ils sont trois, ces tiroirs. Le premier contient tout ce qu'on a dit l'un de l'autre. Toi de moi. Moi de toi. Et ce qu'on a dit là, trahissant l'autre, on l'a dit à tout le monde. À n'importe qui aussi. Le deuxième tiroir, c'est encore plus grave. Plus douloureux surtout. C'est celui qui contient ce que les autres ont dit sur nous, sur toi, sur moi et sur nous deux. Et le dernier et troisième tiroir, c'est celui qui fait le plus souffrir. Celui qui nous échappe. Dont on a perdu la clé. Le jour où l'on a senti que l'on se perdait l'un l'autre. Alors que l'on s'éloignait chaque jour davantage. C'est le tiroir où sont toutes les choses qu'on n'a jamais osé se dire. Qu'on a gardées pour soi sans s'en ouvrir à l'autre. « Je sais ce que tu penses ! » Tu n'as cessé de me le lancer à la figure. Oui. Eh bien, ce sont justement ces choses que, au lieu de te les avouer, j'ai cachées dans ce tiroir. Sans jamais oser les ressortir. Enfouies. Au plus profond de moi-même.

48

Le moment le plus horrible d'une vie,
c'est quand l'autre ne veut plus rien
de vous.

Le moment le plus horrible d'une vie, celui dont on ne se remet jamais, c'est quand l'autre ne veut plus rien de vous. Avant aveuglé par l'amour et vos qualités, à présent aveuglé par vos seuls défauts. Quand l'autre va même jusqu'à nier que vous lui avez apporté quoi que ce soit. Ou, pire encore, quand l'autre accepte de le reconnaître, mais décide de tout effacer à jamais. Comme si non seulement vous n'existiez plus, mais que vous n'avez jamais existé. C'est insupportable. Parce que c'est injuste. Et que la quille de l'amour, c'est la justice. Mais l'injustice ne se pardonne pas.

Le pire de tout, ce n'est pas de vivre, de continuer à s'obliger à vivre avec quelqu'un avec qui on n'est plus heureux – l'a-t-on jamais été vraiment, d'ailleurs ? –, mais c'est d'en arriver, à force de ne pas se décider à rompre, dégoûté par sa propre lâcheté, à ne plus s'aimer soi-même ! Pensez-vous sérieusement que ce soit si facile que ça de s'aimer soi-même lorsqu'on entend l'autre énumérer vos défauts, vos failles, à chaque occasion ? Bien sûr que non ! Comment en effet aimer l'autre si l'on ne s'aime plus soi-même ? Si l'on est dégoûté à jamais de ce que l'on a fait ?

On peut tout faire en amour. Mais l'amour ne tolère pas l'injustice. L'amour peut passer sur l'incompréhension. Un temps court, certes, mais deux personnes qui ne se comprennent pas peuvent finir par se comprendre. L'amour peut passer sur la trahison. Et même devenir encore plus fort parce que l'un a su pardonner à l'autre. Il arrive souvent, paradoxalement, que ce soit celui qui a trahi l'autre qui ne se le pardonne pas. Et finisse par quitter l'autre tellement sa honte lui cimente, à lui-même, à jamais le cœur.

La preuve : vos amis, ces cons, ils vous ont bien laissé tomber ! Et puis comme vous n'êtes plus que livré à vous-même, vous serez assez fort le moment voulu pour remonter la pente. Et vous en sortir. Et tout le monde sera bien sidéré de vous redécouvrir. « Oui, je m'en suis sorti tout seul ! » Mais le moment voulu n'arrive jamais. Ou si rarement. Une fois. Deux ou trois. Et vous l'aurez laissé passer.

49

Soudain, j'ai saisi ce qui se passait.
L'évidence de ton départ, oui,
mais la bonne façon de ne pas
te sentir coupable.

« JE T'AIME ENCORE et tu ne m'aimes plus. » J'ai commencé à le sentir quand tu as cessé de me critiquer. Soit je t'étais devenu indifférent, soit il n'y avait plus d'espoir pour me changer. Comme si désormais tu me devenais inutile. À quoi bon aimer quelqu'un pour qui on ne peut rien ? Au contraire, tu ne cessais de me protéger. Tu n'en manquais pas une pour que j'aille de mieux en mieux. Il m'a fallu du temps pour comprendre. Et soudain, j'ai saisi ce qui se passait. Ce que tu préparais. L'évidence de ton départ, oui, mais la bonne façon de ne pas te sentir coupable. D'être à l'inverse : tu étais une héroïne qui se sacrifiait, en fait. Tu voulais être crédible en prétextant que tu me quittais parce que j'étais trop bien pour toi. Que je trouverais mieux que toi. Que tu t'éclipsais en réalité pour cette autre qui m'était sans doute destinée. Quelqu'un d'autre à la hauteur. Que tu avais suffisamment de caractère pour recommencer ailleurs. Et que ce caractère, tu m'en étais redevable, car, bien sûr, c'était moi qui t'avais tout appris et tu me vénérais pour ça. Ton plan était parfait. À un détail près. Je n'étais pas un total imbécile. Contrairement à toi, moi qui t'aimais encore, je me persuadais que je n'allais pas échapper à ce cauchemar, cette maladie d'amour qui m'attendait. Et qui n'attendait que ton départ pour fondre sur moi : plus tu serais loin de moi, plus je ne t'en aimerais que davantage. Tu finirais donc par avoir raison : je ne pourrais pas m'empêcher d'être un véritable imbécile. Comme tous ceux qui aiment vraiment. Dans la série des « la vie est insupportable avec toi quand tu t'y mets », voilà l'exemple fatal. Que tu me mentes, après tout, c'est normal. C'est la vie. Et je ne veux même pas savoir pourquoi. Je te le pardonne. Ça n'a aucune importance. Mais que tu prennes plaisir à me mentir, ça, c'est impardonnable. Toi, en outre, tu passes en plus ta vie à te plaindre. Et ce qui est insupportable, c'est le tiercé perdant : se plaindre, se plaindre, se plaindre !

Il y a trois façons de se plaindre. La première, c'est de faire des reproches. Se plaindre de ce que l'autre dit ou ne dit pas, pense ou ne pense pas. « Tu n'as pas fait ceci ! » « Tu as fait cela pourquoi ? » « Comment as-tu pu faire ça ? » Celui qui se plaint devient alors un virtuose. Il vampirise et se nourrit de tout ! Un mot de travers et il le dévore. Un oubli et il réapparaît. Comment lui répondre ? Par le silence. Car plus on tente de se justifier, plus la pieuvre étend d'autres reproches tentaculaires.

La deuxième façon, c'est se plaindre de ses souffrances à l'autre pour le culpabiliser. Se plaindre de souffrir et de ne pas être entendu.

Enfin, la troisième manière est de loin la plus efficace. Se plaindre soi-même. La plus forte, la plus dangereuse. Car on finit par le croire. Se plaindre pour mieux s'autodéfendre, s'innocenter de tout. Se plaindre pour se justifier.

50

Croire follement que l'autre est parti avec vous. C'est-à-dire avec le meilleur de vous. Qu'il vous laisse le pire.

LA MALADIE D'ALZHEIMER est un drame inexorable pour la victime comme pour son entourage. Que de larmes et de cris ! Il n'y a qu'un coupable, et il ne sera jamais puni. Il gagnera à coup sûr la partie fatale. Malgré tous les efforts déployés pour venir en aide au patient, on a l'impression de jeter des cailloux dans un puits sans fond et sans résonance, dans l'espoir qu'un son mat vienne nous indiquer que notre jet a, quelque part, touché l'eau. Qu'il a atteint un but au moins. Mais non ! Rien !

Combien d'entre nous n'ont-ils pas souffert d'Alzheimer d'amour, quand la peine et le dévouement ont changé de camp ? Puisqu'il faut bien trouver un fautif. Et l'on se retrouve dans ce cas de figure : avec ces gens autour de nous, qui semblent se dévouer non pas à cimenter votre couple mais, au contraire, à le détruire. Et l'on passe du jet dans le puits à la lapidation pure et simple.

Vous vous retrouvez seul. Et seul, vous ne vous supportez pas. On peut mourir d'un Alzheimer d'amour. Parce que atteint en plein fouet, on n'accepte pas le pire des oublis : celui de soi-même. Ne plus saisir à quoi l'on tient. Ne plus peser ce qui vous rattache à la vie. Croire follement que l'autre est parti avec vous. C'est-à-dire avec le meilleur de vous. Qu'il vous laisse le pire. Donc, du coup, vous vous retrouvez avec le pire de vous. Vous ne le supportez pas. Il y a des Alzheimer d'amour qui vous tuent peu à peu. Pour être passé par cette épreuve, j'écris ces mots pour vous supplier de les surmonter. De les rejeter. Mieux encore : de les nier. De ne surtout pas les partager pour ne pas infecter les autres, ni de les sous-estimer, persuadé naïvement que vous vous en sortirez quoi qu'il arrive. Non, vous ne vous en sortirez, et de la plus belle manière, que d'une seule façon : en réapprenant à aimer. La difficulté de cette remise en forme, de ce goût de vivre qui doit de nouveau vous transcender pour le meilleur, c'est qu'avant d'avoir la chance – car c'en est une – de retrouver quelqu'un à aimer, il va vous falloir réussir à surmonter la première étape. Réapprendre à vous aimer vous-même.

51

Oublier ses souffrances
pour se reconstruire.
Oublier ses jalousies
pour devenir meilleur.

N'EST-CE PAS une qualité suprême que l'oubli ? Oublier ses souffrances pour se reconstruire. Oublier ses jalousies pour devenir meilleur. Oublier ses erreurs pour bâtir un monde nouveau. Mais si l'horreur d'Alzheimer nous rappelle affreusement que l'oubli est l'une des pires maladies qui soient et que notre cerveau peut s'autodétruire sans retour, ne sommes-nous pas aussi enclins à nous demander s'il n'existe pas un autre Alzheimer que celui qui délite notre cerveau ? Un Alzheimer d'amour. C'est-à-dire qu'on finit peu à peu, jour après jour, semaine après semaine, regard après regard, geste après geste, du masticage de l'autre au dîner jusqu'au simple éternuement, mot après mot, jusqu'au son même de sa voix, à ne plus supporter cet autre. Toute trace d'amour, toute once d'amour a disparu. Pourtant, nous l'adorions. Alors, c'est bien notre choix, notre volonté qui a tout dominé. Un Alzheimer d'amour en toute déraison. Nous avons tout fait disparaître. En ne jurant de ne jamais rien laisser réapparaître. Rien n'y ferait. Comment avons-nous réussi ce prodige d'assumer l'oubli de tout cet amour qui était si présent et pendant tant de temps ? En faisant son procès jusqu'à le juger infondé, maladroit. Basé sur un tout faux qui, démasqué, le fait s'écrouler ! Ou, à l'inverse, en constatant qu'il fut cet amour si beau, si pur, si improbable et jusqu'à être immérité pour vous qu'il fallait bien un jour qu'il cesse. Qu'il reparte d'où il était venu. À l'autre. Puisqu'il lui appartenait. Qu'il vous l'avait confié. Et qu'il était juste qu'il le reprenne.

52

Pourquoi ne pas pouvoir s'empêcher de se sentir ridicule le visage défait, les joues inondées de larmes ?

L'AMOUR prend quelques secondes à naître. Un regard. Un geste. Un simple mot. Mais il marque pour toute la vie. Pire : il ne s'efface jamais.

L'amour est une émotion si forte qu'il vous arrache des larmes. Pourquoi avoir tant envie de pleurer quand on aime ? À regarder le visage de l'autre, les larmes vous viennent aux yeux. Quelle contradiction ! Pleurer de joie ! Pleurer d'amour ! Pourquoi donc ? Qu'est-ce que cela signifie ? On devrait sourire de joie ! Rire d'amour plutôt ! Pourquoi ne pas pouvoir s'empêcher de se sentir ridicule le visage défait, les joues inondées de larmes ? Par manque de caractère ? Non ! Parce que c'est dans notre caractère ! Et que celui-ci s'affirme par les larmes. Et d'une manière si prégnante.

De même, lorsqu'on se sent en danger d'abandon, nos larmes montrent à l'aimé à quel point son absence nous coûterait. C'est la peur de le perdre qui force notre chagrin et nous oblige à l'avouer. Non pas pour s'agenouiller, mais pour se protéger. Une sorte d'avertissement. Mes larmes, si tu n'étais plus là, ne cesseraient de couler. Elles sont la source de joie de mon âme quand tu m'aimes et la source de désespoir quand tu t'éloignes. Je n'ai jamais pu les retenir heureusement. Et de demander : « Mais pourquoi pleurer puisque je suis là ? Attends que je sois effectivement partie ! Attends que je t'aie vraiment quitté pour ainsi t'effondrer. » Et moi de rétorquer : « Je pleure avant que la chose n'arrive pour que tu pèses bien la gravité de ton acte le jour où tu me quitteras. » « Quel foutu caractère ! » répondra l'autre. Preuve qu'il s'agissait bien de caractère pour oser pleurer ! Faut-il donc du caractère pour ainsi aimer ! Manque de caractère et tu ne trouveras jamais l'amour !

53

L'un s'en veut d'aimer trop l'autre.
L'autre s'en veut de ne plus aimer comme avant.

Il y a tous les jours de bons amis qui, subtilement, l'air de rien, vous font remarquer que vous auriez pu réussir à être jusqu'au bout ensemble. Que tout est votre faute si cela n'a pas tenu. Que l'autre n'attendait qu'un effort de votre part. Que vous n'aviez même pas conscience à quel point vous étiez devenu quelqu'un d'autre. Un être impossible à vivre. Pour deux raisons. La première, c'est que vivre en couple vous a paradoxalement rendu égoïste à un point inconcevable. Comme si vous aviez eu peur de vous laisser influencer. De devenir celui que vous n'auriez jamais voulu être. Un béni-oui-oui devant tout ce que l'autre vous demandait. Au fond, jusqu'à effacer votre personnalité. Comme un chien qui finit par ressembler à son maître. Vous réfugiant dans votre égocentrisme, vous vous imposiez de garder les distances. Devant les autres. Comme, par exemple, en cessant du jour au lendemain d'embrasser l'autre. En ne voulant plus lui prendre la main. Ou en la lui prenant comme si vous la teniez prisonnière. En ne la sollicitant jamais et en n'acquiesçant plus à son point de vue. Au contraire, vous avez adopté cette attitude niaise et insupportable qui consistait à vous tenir à l'écart. Comme étranger à elle. Vous prétextiez la discrétion quand elle s'en inquiétait, jusqu'à penser que vous aviez honte d'elle ! Au contraire. On la plaignait de supporter de vivre avec un tel égoïste cynique. Et qui devait sûrement cacher une autre vie, où, là, il devait se libérer enfin. Mais il y a la seconde raison, la pire, l'intime, la ridicule. Parce que se comporter de la sorte en public finissait par déteindre sur la sphère privée. Comment ne pas sentir que c'est la fin irréversible quand on finit par être minable au lit comme s'il s'agissait d'un devoir ? Et finalement d'une corvée ? D'une habitude ? Voire d'une simple hygiène ? Et comment pouvoir supporter un tel raté, un ringard total, dont même le physique lui-même aussi, au final, s'effondre jour après nuit ? Pourquoi attendre quand il est encore temps de fuir ? Enfin vivre une autre vie ? Ailleurs ! Ou si vous n'en avez plus le courage, ni l'envie, de vivre sans lui ? Sans l'autre ? Et peu importe où serait l'autre. En tout cas, plus jamais avec vous. Tous les couples passent forcément par cet instant où tout va se jouer entre eux. L'un s'en veut d'aimer trop l'autre. Et de n'être pas payé d'amour en retour comme il devrait l'être et pouvoir prétendre le mériter. L'autre s'en veut de ne plus aimer comme avant. Et ne sait plus comment faire, après tant d'essais ratés, pour recoller les morceaux. Chacun attendant de la part de l'autre le déclic pour qu'enfin la réalité prenne le dessus, le présent s'affiche enfin. Que tout soit mis à nu et qu'il ne soit plus temps de mentir.

54

De quoi avez-vous peur ?
De vous jeter dans le vide ?
De porter tous les torts ?

L'ISSUE, la rupture, on le sait, est inexorable. Alors vient le temps d'agir. De quoi avez-vous peur ? De vous jeter dans le vide ? De porter tous les torts ? Quoique, à bien y réfléchir, la bonne posture serait de vous grandir en faisant preuve de transparence. Mais saurez-vous l'adopter sans rechigner ? Et surtout de ne pas vous en gausser ? Il vous faudra plus que du tact, une véritable sincérité pour avouer l'inavouable. En espérant qu'on vous en sache gré. Ni en donneur de leçons ni en sacrifié au cœur sur la main. Peut-être est-ce l'attitude la plus délicate. Vous vous êtes tant menti, supporté ou pardonné l'un l'autre. Cette fois, il s'agira d'être vrai. Aurez-vous le courage de l'être ?

55

Je t'aurai laissée dire. Donc laissée faire.
Pour ton meilleur. Et pour mon pire.

TE VOIR EST UNE CHOSE. T'entendre en est une autre. Comment aurais-je pu imaginer, lorsque je t'ai vue pour la première fois, que j'aurais dû immédiatement fermer les yeux et uniquement prêter attention à ta voix seule qui, elle, ne ment pas ? Son timbre révèle tout. Son rythme aussi. Cette façon d'affirmer tels ou tels mots. Ceux qui par leur force, comme des poings cognant la table, veulent me convaincre absolument. Cette manière différente de caresser d'autres mots. Pour les faire passer, l'air de rien, comme s'ils ne comptaient pas. Alors que ce sont eux les plus dangereux. J'aurais dû peser les silences qui en disent long. Et à l'inverse, ne pas m'arrêter aux banderilles trompeuses. Juste là pour divertir. Pour faire sourire.

Histoire d'attirer la mouche avec du miel. Pour enrober le vrai fond plutôt amer en réalité. Si j'avais su, avec sang-froid, décrypter ta voix, ses nuances, ses réflexes comme ses ruses, jamais je n'aurais été aussi stupide que je l'ai été. Totalement inconscient. Mais la fascination m'a rendu sourd. Du début à la fin, je n'aurai cessé, toute une vie passée avec toi, de ne faire que renvoyer la balle du fond du court pour toi. Je t'aurai laissée dire. Donc laissée faire. Pour ton meilleur. Et pour mon pire.

56

L'amour, c'est la plus merveilleuse colle du monde. Pire, c'est du ciment qui nous garde à jamais prisonniers.

L'amour, c'est la plus merveilleuse colle du monde. Pire, c'est du ciment qui nous garde à jamais prisonniers. Il vous pénètre dans la peau. Si vous tentez de vous en détacher, on vous arrache l'âme. Vous saisissez enfin qu'il s'était fondu en elle. Savez-vous ce qu'abîmée, blessée à vif, elle peut commettre alors ? Saignante. Elle est capable des pires atrocités. Envers celui ou celle qui l'a ainsi massacrée. Comme envers vous-même, qui l'avez laissée être violée. Oui, elle fera d'une pierre deux coups. Aussi bien contre l'autre que contre vous. Il y a un « mur » dans un amour comme si deux âmes qui s'aiment l'élevaient. Chaque geste d'amour, chaque mot d'amour, chaque preuve d'amour le fait monter. C'est parce qu'il y a cet obstacle que vous vous aimez. Vous savez que de l'autre côté il y a quelqu'un. Qui vous aime. Qui pense à vous. Qui compte sur vous. C'est pour cela que lorsque l'amour meurt, tout s'écroule. Le mur s'est fissuré au fil du temps. Et a fini par céder. Il possède une vertu lorsqu'il tient bon et ne cesse de s'élever. Il vous sépare, certes, mais pour votre bien. Car il vous protège ainsi l'un de l'autre. Il vous oblige à ne jamais cesser de faire des efforts pour vous faire entendre de l'autre côté du mur. Par l'autre. Chaque jour, l'amour nous fait comprendre que rien n'est gagné d'avance.

57

L'amour se nourrit de ce qu'il découvre.
Et il meurt de ce qu'il a découvert !

Doit-on vraiment tout partager avec l'autre ? Faut-il avoir un jardin secret ou tout donner, tout partager, tout avouer, tout confier, tout offrir ? Quitte à se laisser prendre ? Se faire tout voler ? Jusqu'à ce que rien de vraiment personnel, de vierge ne reste en vous ? Le corps et l'âme, tout devrait-il aussi être à l'autre ? N'est-ce pas plutôt une faute tragique qui va être responsable de toutes les fissures du couple, et ce, jusqu'à la séparation finale qu'elle programme inévitablement ? Car lorsqu'on comprend que l'autre a tout dévoré en vous, qu'on n'a plus rien à soi, pourquoi voulez-vous continuer à vivre avec cet être qui a vampirisé votre âme ? Qui l'empêcherait de passer à autre chose ? L'amour, vous le savez, se nourrit de ce qu'il découvre. Et il meurt de ce qu'il a découvert !

Ce n'est pas votre sang qu'il suce, c'est votre âme. Si tu m'aimes comme tu le prétends, tout ce que je pense, tu le penses avant moi. Le chien qui aime son maître sait déjà ce qu'il a en tête. Alors pourquoi ne réagis-tu pas quand tu devines que tu me tapes sur les nerfs et que si tu continues, ça va mal aller entre nous ?

58

On aime quelqu'un parce qu'il peut
vous donner ce qui vous manque.

IL Y A D'ÉTERNELS INSATISFAITS. Le râleur de base se complaît à râler. C'est dans son ADN. C'est un sport pour lui. Il est comme ça, et, au fond, heureux de l'être.

Les véritables inassouvis sont ceux qui n'extériorisent pas leurs sentiments. Parce que plus rien ne les émeut. Sont-ils seulement capables d'aimer ? On a le sentiment que personne ne sera jamais assez bien pour eux. Et vous tombez dans le panneau en croyant, tel le Messie, que vous allez les sauver de ce qu'ils sont, des ténèbres où ils sont plongés, et les combler d'amour. Parce que vous croyez que tout le monde est fait pour l'amour. Est-ce parce qu'ils sont incapables d'aimer, eux, qu'en retour on aime tant ?

Vous vous rassurez en vous persuadant que cet autre ne vous trahira jamais. Qu'il n'ira pas en aimer un autre, puisqu'il ne s'aime même pas lui-même. Il ne peut pas savoir ce que c'est que d'aimer puisqu'il contemple le monde avec un regard de serpent : un regard froid. On aime quelqu'un parce qu'il peut vous donner ce qui vous manque. Et naïvement, vous pensez lui apporter tant d'amour qu'il va enfin ouvrir son cœur.

Vous vous êtes cru investi d'une mission. Erreur. Illusion. Reptile, il était. Reptile, il restera. Fuyez-le, c'est votre seul salut.

59

Si tu t'ennuies, ce sera ma faute.
Comme tout le reste.

Comment être responsable des sentiments que tu éprouves ? Comment te faire rire ? Rire des autres ? Rire de toi ? Rire de nous ? Comment te convaincre qu'avec moi, tu ressentiras cent fois plus de choses qu'avec les autres ? Que je t'apporterai ce qu'aucun autre ne t'aura jamais apporté ? Le handicap pour moi est de taille. Car si je flanche, si je n'arrive pas à te satisfaire, tu vas immédiatement me mettre toutes les failles sur le dos. Si tu t'ennuies, ce sera ma faute. Triste ou craintive, ce sera, comme tout le reste, la faillite de ce fardeau que tu dois finalement supporter : moi ! On ferme les yeux des morts. À quoi bon ces yeux puisqu'ils ne peuvent plus servir à voir le monde ? On ferme les portes de son cœur quand on n'aime plus. Lui non plus n'a plus d'utilité. Désormais, tout sentiment de joie lui est étranger. Je me suis souvent demandé, sans trouver la réponse, si, une fois morts, nous ne sommes pas en réalité plus vivants que nous ne l'avons jamais été ? C'est une banalité que nous partageons tous, bien sûr, que d'affirmer qu'il y a plus de présence dans l'absence que dans la présence elle-même. Mais une fois séparés, n'est-ce pas là que nous pensons encore plus l'un à l'autre, pour finalement nous aimer encore davantage ? Jamais nous ne nous sommes totalement perdus, car, même loin de toi, maintenant, une partie de toi est restée en moi. Nos mots échangés, et tous ces souvenirs communs, sont ancrés en nous. Ils harponnent à jamais nos cœurs et notre esprit.

N'ayant plus à nous supporter au quotidien comme à nous critiquer *de visu*, j'ai le sentiment chevillé à l'âme qu'enfin on prend le temps de s'écouter. À défaut de nous entendre. Notre amour à distance, qui a gommé les imperfections, a bien converti celui qui nous liait. Avec les nœuds déplaisants qui s'insinuaient dans la trame de notre vie à deux et qui peu à peu nous étouffaient. La séparation a tranché le nœud gordien, certes. Mais *le* lien, lui, est toujours là, et pour la vie. Nous sommes en réalité éloignés mais non détachés ! On a l'autre « dans la peau ».

Tu n'es plus là et voilà ce qu'au final, je pense de ce que tu disais de nous, persuadée que tu étais que nous nous aimerions pour la vie. Et si nous avions eu raison ? Beaucoup plus qu'ils ne le pensaient ? Beaucoup plus que nous ne le pensions alors ? Et si nous ne méritions pas d'être aujourd'hui à chaque fois contredits ou carrément moqués ? La seule part de responsabilité que nous portions, c'était de ne pas être assez convaincants vis-à-vis des autres. L'eussions-nous été, tout aurait alors pu être partagé. Le sommes-nous à présent que nous sommes absents l'un de l'autre ? Notre tort est donc de n'avoir pas su trouver alors les bons mots. Au bon moment. Plus convaincants. Et si, au lieu de ce dialogue de sourds où chacun tentait de marteler sa vérité plutôt que d'écouter l'autre, il avait simplement suffi d'admettre que l'autre avait peut-être raison ? Cette personne partageait déjà notre avis sans même s'en rendre compte. Nous n'y étions pour rien. Nous n'étions que la révélation d'une pensée déjà bien ancrée en elle.

Décidons de ne pas critiquer de la journée la personne avec laquelle on vit. Pas une seule remarque. Pas la moindre remontrance, aucun sous-entendu. Pas de regard de reproche. Pas de sourire grimaçant. Pas de gestes contraignants. Non ! Rien de rien. Une journée entière à ne jamais réagir contre l'autre. Ce qui ne signifie pas tout accepter, mais, au contraire, être là. Assister au lieu d'insister. Suivre au lieu de se braquer. La plus grande surprise de cette journée serait double. D'une part, le jugement que vous porterez sur vous-même. D'autre part, le jugement porté sur l'autre. Que dire de vous dans ce cas de figure ? Avouez qu'après tout, si vous vous masturbiez moins l'esprit à propos des pourquoi et des comment de l'autre, tout roulerait mieux entre vous et vous. Et non pas entre vous et l'autre. Car, en temps normal, non seulement vous lui faites reproche sur reproche, mais vous vous en faites également à vous-même. Pour avoir été si vindicatif. Que de remarques désobligeantes ou de contradictions dont vous auriez pu vous passer et à propos desquelles vous vous accusez ! Et le versant opposé est celui où l'autre, sans contradiction de votre part, s'est lui-même discipliné de son propre chef. A ouvert les yeux sur ses propres erreurs. En vous épargnant d'y mêler votre grain de sel, qui ne fait toujours qu'envenimer les choses. Finalement, ce jour de jeûne moral n'aura que des effets bienfaisants ! Et salvateurs sans aucun doute. Pour aboutir à la découverte surprenante que vous-même et l'autre ne chercherez pas à taire : la vie à deux n'a strictement aucun intérêt si c'est une vie béni-oui-oui ! À quoi bon en effet vivre ensemble si c'est pour ne pas réagir aux actes de l'autre, si c'est pour passivement laisser tout faire ? Il s'agirait alors de deux vies parallèles et non d'une vie partagée à deux. Imaginons que vous et l'autre soyez d'un avis contraire : s'il croit avoir raison, le fait que vous lâchiez prise pourra le conforter dans ses certitudes : « Tu vois bien que si on fait comme je pense, que donc, si tu arrêtes de râler tout le temps, ça se passe mieux ? » Mais il ne vous en saura pas forcément gré, en réalité. Parfois, il vaut mieux ne rien dire et ignorer l'autre – voire faire ce qu'il dit mais sans joie – pour le faire réfléchir. Ou alors vous éloigner soudainement une journée complète. Persuadez-vous qu'enfin face à votre miroir, c'est vous que vous devez aimer. Que le secret du bonheur partagé avec l'autre vous, c'est la clé de votre réussite en amour. C'est parce que l'autre, votre amour, vous aura appris à vous aimer que vous saurez l'aimer en retour. N'aimez que les gens qui vous incitent à vous aimer. Les autres ne méritent pas votre amour. Enfin, démasquez ce titre *Pourquoi je t'aime*. Il n'avait qu'un sens pour vous décider à tout faire par amour : passer sans cesse chaque jour de votre vie, chaque heure, chaque minute, du « pourquoi je t'aime » au « pourquoi je m'aime ». Pour, devenir meilleur, il s'agit de repasser du « pourquoi je m'aime » au « pourquoi je t'aime ». Puissiez-vous y réussir ! Réussir à aimer.

60

La vie était un jeu pour toi.
Un je *pour moi.*

TU N'ES PLUS LÀ. Tu n'y seras plus jamais. Il faut que je me fasse à cette idée. Ne plus jamais te voir. Même si je n'ai qu'à fermer les yeux pour que tu sois là. En moi. Je te sens. Comme si je te voyais face à moi comme avant. Pas *de* travers, non. Mais *à* travers. À travers le prisme de ma reconnaissance envers toi et non plus à travers le prisme de mon ego. D'imbécile que j'étais et qui déformait tout. Qui jugeait tout de toi. Non. Je n'avais pas le temps d'analyser, tout allait trop vite. Tout arrivait ou trop tôt, ou trop tard. Je n'ai jamais su te reconnaître telle que tu étais. Non pas ma femme, mais une autre femme. Qui ne m'appartenait pas.

Je ne faisais que comme les autres, ces tas d'idiots qui ramènent tout à eux. Et passent à côté de tout. Pourquoi ? Pour se protéger, eux, bien plus que pour protéger l'être aimé. La vie était un jeu pour toi. Un *je* pour moi. Tu voulais battre les cartes et tout voir, tout connaître. Je refusais de jouer pour éviter de perdre. Lâche et menteur. Lâche envers toi. Me mentant à moi-même. Avec le pire des ennemis de l'amour en poche : la certitude d'être supérieur. Pas meilleur que toi. Supérieur. De pouvoir juger de tout. Parce que je possédais ce qui t'échappait. Raison pour laquelle tu avais tant de mal à choisir. J'avais, moi, du sang-froid. Une machine à distanciation. Comme si j'étais capable devant n'importe quel problème de me déconnecter. Donc d'y voir clair, d'être juste et impartial. Le pire pour toi qui attendais un soutien sans faille. Pour agir vite. Alors que je soutenais pour ma part qu'il ne fallait surtout pas agir mais réagir ! En lâche !

61

Qu'est-ce que ça change vraiment que tu sois là ou pas ? Que je puisse aller jusqu'au bout de moi-même ?

QU'EST-CE QUE ÇA CHANGE vraiment que tu sois là ou pas ? Faut-il que tu m'accompagnes partout pour que je puisse aller jusqu'au bout de moi-même ? Sans ta présence, sans ton regard pour me juger, est-ce que je ne vais pas d'un seul coup recommencer à tout foutre en l'air ? Me faisant avoir comme un idiot. Incapable de réagir comme il le faudrait. Aveugle envers ceux qui profitent de mes hésitations. Qui me font dévier de la bonne route. Qui me flattent pour mieux obtenir ce qu'ils veulent de moi. Qui me font céder jusqu'à ce que j'abandonne ce qu'au départ j'envisageais et qu'eux ne voulaient pas justement que je fasse.

Livré à moi-même, ne vais-je pas en profiter pour retomber dans mes pires travers ?

Tout accepter. Devenir stupide.

62

Ne plus jamais aimer. Ne plus jamais. Jamais !

NE PLUS JAMAIS AIMER. Ne plus jamais… Qui n'y a pas pensé ? Ne plus jamais être déçu. Ne plus jamais être trahi. Ne plus jamais recevoir moins que ce que l'on donne. Que ce que l'on croit donner. Ne plus jamais attendre en vain. Ne plus jamais être critiqué. Ne plus jamais passer après. Ne plus jamais faire plaisir. Ne plus jamais devoir faire ceci alors que l'on voudrait faire cela. Ne plus jamais espérer une réponse qui ne vient pas. Ne plus jamais être redevable. Ne plus jamais dire oui quand on pense non. Ne plus jamais dire non quand on pense oui. Ne plus jamais décevoir sans savoir pourquoi. Ne plus jamais offrir sans raison. Ne plus jamais partir quand on veut rester. Ne plus jamais pouvoir répondre. Ne plus jamais savoir ce qu'on fait là. Ne plus jamais se coucher quand on n'en a pas envie. Ne plus jamais se faire engueuler à tort. Ne plus jamais oublier ce qu'on n'aurait jamais dû s'engager à faire. Ne plus jamais vivre chaque jour le même ennui à deux. Ne plus jamais tout le reste aussi. Ben, dis donc, quel emmerdement serait la vie ! Il se passerait quoi ? Si, pris de folie, on effaçait tous les moments d'amour de notre vie ? Rien. Les moments d'amour sont inoubliables, les bons comme les mauvais, les pires comme les meilleurs, mais enfin, il y a bien autre chose que l'amour. On ne va pas d'ailleurs passer toute sa vie à aimer, non ? La raison pour laquelle, si vous effacez les moments d'amour, il ne restera rien, c'est tout simplement que ce sont les seuls qui vous appartenaient ! Qui étaient vôtres totalement ! Vous ne les partagiez pas ! Ils étaient en vous ! Vous ne les deviez à personne, non ! Bien sûr que d'autres croyaient en faire partie et ils avaient raison, ils y assistaient, ou ils les commettaient, mais, en réalité, ces moments d'amour, personne ne pouvait les vivre avec cette telle intensité. Et qui pouvait mesurer à quel point ils vous illuminaient ? À part vous ? Ils vous appartenaient. Et ce poids, d'ailleurs, vous pesait plus que le supportable.

63

Pourquoi aimer est-il un jeu ?
On y mise sa vie.

POURQUOI AIMER est-il un jeu ? Comme le jeu, c'est une addiction. On y est viscéralement attiré. On y mise sa vie. On y triche. On aime la montée d'adrénaline qu'il procure. Et l'on risque de rafler la mise comme de tout perdre tragiquement. Aimer, c'est jouer à un jeu terrible dont vous ne vous remettrez peut-être pas. Mais le jeu en vaut la chandelle. Que va-t-il vous apprendre, ce jeu ? Il vous révélera si vous avez été jusqu'au bout de tout l'amour que vous aviez en vous ou si vous avez encore un grand chemin à parcourir. C'est le jeu de la balance. D'un côté, vous pesez les amours comblés de votre vie et qui sont allés jusqu'au maximum dans le bonheur ou le malheur. De l'autre, vous pesez les amours avortés, ratés, déchiquetés, niés, tués dans l'œuf. Tous ces moments où vous n'avez pas su, où vous n'avez pas pu, où vous n'avez pas cru. De quel côté va pencher la balance ? À première vue, du côté des amours réussis, quelle qu'en ait été l'issue. Alors, dans le doute, ne reculez plus jamais devant l'amour lorsqu'il se représentera à vous. Jamais. Le secret de la vie, donc de l'amour, n'est peut-être pas autre chose que d'aller jusqu'au bout. Dans notre vie. Mais à deux. Et que l'autre ne traîne pas derrière, que vous ne lui lâchiez pas la main.

64

Je n'ai jamais cherché à ce que tu surpasses les autres femmes de ma vie. Je voulais simplement que tu te surpasses toi-même.

LA SEULE RÈGLE en amour, tout le monde le sait, c'est qu'il n'y en a pas. Mais les gens ne peuvent pas s'empêcher d'en adopter. Comme la vérité et la fidélité. Ces deux-là ? Jamais rencontrées ! Faites-moi signe !

Grâce à toi, je n'aurai jamais plus peur qu'une femme me trahisse : c'est fait. À quoi bon discuter pour la énième fois ? Tu ne changes jamais d'avis. Je ne varie pas d'opinion. Tu vois bien ta médiocrité : tu n'as qu'un avis. Alors que moi, je me suis forgé une opinion. Elle englobe tout. Ouverte à tout. Elle bouge. Toi, ton avis têtu reste coi. Peut-être aimes-tu par-dessus tout te contenter d'observer la vie ? Comme si tu pensais jouir de cette supériorité morale qui consiste à se taire. Une taiseuse l'emportera toujours sur une diseuse. Je n'ai jamais cherché à ce que tu surpasses les autres femmes de ma vie. Je voulais simplement que tu te surpasses toi-même.

Tu m'as murmuré lorsque nous commencions à nous aimer : « Prends-moi ! » Que voulais-tu donc que je te prenne ? Alors que c'est toi qui prenais ma bouche, mes lèvres, ma langue, mon souffle, mon sexe, ma semence. Que ne m'as-tu pas pris ?

Pourquoi m'as-tu toléré si longtemps alors que, dès le début de notre histoire, tu ne me supportais pas ? Tu fais partie de ces femmes qui ne peuvent aimer que malgré elles. C'est plus fort qu'elles. L'être aimé est en réalité tout ce qu'elles détestent. Ce qu'il dit. Ce qu'il dégage. Ses amis l'insupportent. Pourquoi rien ne joue en sa faveur ? Comment peut-il s'habiller comme une cloche ? Et pourquoi dit-il autant de conneries ? Peut-être attendaient-elles, toutes les femmes de sa vie, de mieux le connaître pour ne l'en haïr que davantage ?

Je me demande si ta plus grande honte n'est pas d'avoir aimé cet être abject que j'étais à tes yeux et de ne pouvoir t'en repentir. Tu avais fini par te persuader que nous étions un couple. La preuve aux yeux des autres était flagrante : nous nous engueulions devant tout le monde ou, à tel autre dîner, nous ne nous adressions pas la parole. Ou encore, cerise sur le gâteau, on assistait toute la soirée aux moqueries réjouissantes de l'un envers l'autre sans aucune retenue. Un vrai couple en somme, non ?

65

Coup de foudre, on s'aime.
Coup de massue, on se quitte.

Aimer Dieu, c'est aimer Celui qu'on imagine qu'Il est. Aimer un être, c'est l'aimer réellement. L'imagination n'a pas sa place. Croire en Dieu, c'est croire en l'au-delà. Croire en l'amour, c'est croire en l'âme intérieure que cet aimé porte en lui. On implore Dieu. On explore son amour en nous-mêmes. Dieu nous protège. On l'en prie. Mais en ce qui concerne notre vie amoureuse, c'est à nous seuls de l'assumer.

Dieu n'avait pas à intervenir dans notre histoire d'amour. Cela ne Le regardait pas. Ou si c'était le cas, je ne Lui ai rien demandé. Comme s'Il s'était toujours tenu à l'écart. De quels amours s'occupe-t-Il en réalité ? De celui qu'on Lui porte ? Ou de celui qu'Il nous porte ? Inutile surtout de Le remercier de notre bonheur, sinon il faudrait aussi ensuite L'accuser de nos souffrances, trahisons, malentendus, méfiances, coïncidences, nos drames et nos tragédies. L'amour, au fond, doit déranger sérieusement Dieu, car rien ne se passe jamais comme Il l'avait prévu. Tout est imprévisible. Peut-être cela est-il pour Lui plus divertissant que le train-train quotidien. Il nous laisse agir pour une fois à notre guise. Et quand Il s'en lasse, Il met fin à la partie. Brutalement. Coup de foudre, on s'aime. Coup de massue, on se quitte. Aimer, c'est forcément souffrir. Donc, c'est toujours vaincre. Finir par vaincre cette souffrance d'aimer. La perle fait subir à l'huître les plus atroces douleurs. Pour créer la beauté. L'amour est la perle de notre âme. Cette souffrance nous aura purifié l'âme ! Elle nous aura libérés, Dieu merci ! Oui, elle nous aura arrachés à l'obscurité du quotidien.

Amour devenu soleil de notre âme.

66

Il n'y a aucune tolérance à appliquer au regard des violences conjugales.

Que de dictons autour de l'amour ! « L'amour donne des ailes. » « L'amour rend aveugle. » « L'amour rend fou. » « L'amour rend jaloux. » « L'amour pardonne tout. »

Non. On ne peut pas tout pardonner parce qu'il y a ces deux mots : « par amour ». Je parle de l'amour qui tue. Qui tue l'autre. Parce qu'il ne vous aimait pas assez, pas comme vous vouliez qu'il vous aime, parce que vous êtes son souffre-douleur. Nul ne mérite de trouver la mort pour seule porte de sortie. Non. Il n'y a aucune tolérance à appliquer au regard des violences conjugales.

67

Aimer, c'est bien. Mais aimer bien, c'est mieux.

Enfin ! Grâce à l'amour, il est possible, quel que soit son âge, de pénétrer dans cet ailleurs où règne un langage d'amour. L'amour ouvre les portes de cet autre monde. Qui n'a pas aimé n'a pas vécu. À cette question, la plus idiote du monde : « Pourquoi m'aimes-tu ? », la réponse la plus proche de la vérité parmi toutes celles proférées serait : « Je ne sais pas. » Si je le savais, si j'étais sûr de le savoir, alors je fuirais. Ce serait le début de ma peur. Te perdre. « Comment sais-tu que tu m'aimes, alors ? » « Je ne sais pas pourquoi je t'aime, mais je sais que je t'aime. » « C'est plus fort que tout, alors ? Ton amour pour moi ? » « Non, c'est plus fort que moi ! » Aimer, c'est bien. Mais aimer bien, c'est mieux. Je n'ai pas su. Je ne saurai jamais. Pour ma plus grande honte. C'est quoi bien aimer ? C'est ne jamais décevoir. C'est ne jamais mentir. C'est ne jamais fuir.

C'est ne jamais oublier. C'est ne jamais perdre. C'est ne jamais mépriser. Je n'ai jamais été de ces « c'est ne jamais ». Ma vie n'aura été que des « c'est comme toujours ». C'est comme toujours. Mentir. Mentir pour fuir. Mentir pour fuir, donc décevoir. Mentir pour fuir, donc décevoir et perdre. Mentir pour fuir, donc décevoir et perdre puis mépriser. Se mépriser. Me mépriser. Avoir tout entre les mains. Et tout perdre. Pour avoir tendu les mains ailleurs. À qui n'en valait pas la peine. Plus l'amour est vrai, plus il est simple, plus il devient prenant. Et quand c'est prenant, c'est là que tout se complique. J'ai toujours préféré ces femmes qui m'aimaient sans me comprendre à celles qui me comprenaient sans m'aimer.

68

Mais alors ne restera-t-il donc rien de moi ?

Il n'y a pas deux solutions pour qu'il reste quelque chose de moi une fois mort. Il n'y en a qu'une. Que je sois mort et non comme l'on dit : parti. Il est parti « ailleurs » ; « il nous a quittés » ! Non ! Je refuse. « Parti ailleurs » ? Mais quel intérêt pour les autres ? Eux. Ceux qui sont toujours là. Mort. C'est juste ma dépouille qui semblera l'être. Mais qu'on la donne aux autres. Tout ce que l'on pourra en tirer, du cœur au foie, des poumons aux mains, tout. Je continuerai à vivre dans ces autres vies que j'aurai sauvées. Mais pour combien de temps ? Il faudra bien que mes organes, mes bouts de moi, finissent par pourrir aussi. Alors cette partie remise ne me suffira pas. Il faudrait encore me dépouiller une fois mort de toutes les erreurs de ma vie. De tous mes manquements. Mes échecs. Mes doutes. Mes peurs. Soit. Mais alors ne restera-t-il donc rien de moi ? Si. Heureusement. Voué à l'éternité, ce que j'aurai laissé pour les autres, et qui ne mourra pas : mon ouvrage. Ce que j'aurai construit. Ma vie de comédien. Son exemple. Sa raison d'être. Sa joie. Sa fierté. Tout se résumait en un mot : l'amour. S'en nourrir dans les textes. Et l'offrir au public. D'une façon ou d'une autre. Contrairement à ce que Pierre de Coubertin proclamait hautement, l'important n'est pas de participer, l'important, c'est d'y aller pour gagner ! Et d'avoir la rigueur d'âme d'accepter la défaite. D'honorer son vainqueur. Coubertin n'a rien compris au sens même de la vie, donc au sport. Sa phrase est insensée. C'est celle de ceux qui croient suffisant d'y être. Non ! La preuve : vous y êtes. Dans la vie. Vous êtes né. Allez-vous vous en contenter ? La vie n'attend rien de vous, c'est vous qui devez attendre tout d'elle. Donc ne jamais cesser de vous battre pour elle ! L'important, c'est de participer ? Vivant parmi les vivants ? Bien sûr que non ! Quelle lâcheté ! Quelle suffisance ! Quelle erreur fatale ! L'important, c'est de mériter d'y être ! Donc de tout faire pour gagner ! Donc pour justifier que vous y soyez, c'est de faire quelque chose de votre vie. Pour vous comme pour les autres. De vous battre contre vous comme contre les autres. Pour gagner. Y croire. Ne jamais céder. Ni aux autres ni à soi-même. Alors l'important en amour n'est pas d'y participer. Être amoureux, c'est facile, mais être aimé, c'est au prix d'un contrat de tous les jours pour honorer cet amour. Savoir aimer. Et savoir se faire aimer. Le problème pour l'acteur n'est pas d'être bon dans son rôle, c'est de persuader le public de vous y aimer ! Vous aurez beau être parfait dans votre amour avec l'autre, si vous ne parvenez pas à ce que l'autre en question puisse trouver de vraies raisons de vous aimer, vous échouerez. Mais vous-même avez-vous autant de bonnes raisons de vous aimer ? Aimer quelqu'un ne veut pas dire que l'on s'aime soi-même. Ni qu'on l'aime pour soi-même. Non. On doit l'aimer pour lui.

Quelle femme aimée ne rêve pas de s'entendre dire : « En ce qui nous concerne, je ne t'aime pas pour ce que je voudrais que tu sois. Mais pour ce que tu es. Oui, je dois tout faire pour que tu donnes le meilleur de toi-même. Que tu sois fière de toi. Pour que tu réussisses ta vie. Au-delà de tes rêves les plus fous. Oui, ma joie, c'est de t'aimer si fort que rien ne puisse entraver ta quête. Que tu ne sois pas passée à côté de ta vie. Voilà pourquoi je t'aime » ?

Le 4 mai 2019,
Hôtel Métropole,
Chambre « Francis Huster »,
Bruxelles

Remerciements

Au cherche midi, et notamment à Philippe Héraclès, qui a vraiment lu mon livre ! Voilà un éditeur qui se bat pour vous forcer à retravailler pour que vous vous amélioriez sans cesse. Il vous offre un coach qui ne vous lâchera pas. Merci à Anne Pouget, qui m'a accompagné sur ce texte, et qui mérite mes éloges et mon admiration pour son efficacité, son talent et sa loyauté. Quelle personnalité !

Le cherche midi, ce n'est pas seulement une grande maison d'édition, c'est désormais un ami, un ami qui vous veut du bien, c'est rare ! Vous venez de signer aux éditions « le cherche ami » !

Du même auteur,
dans la même collection

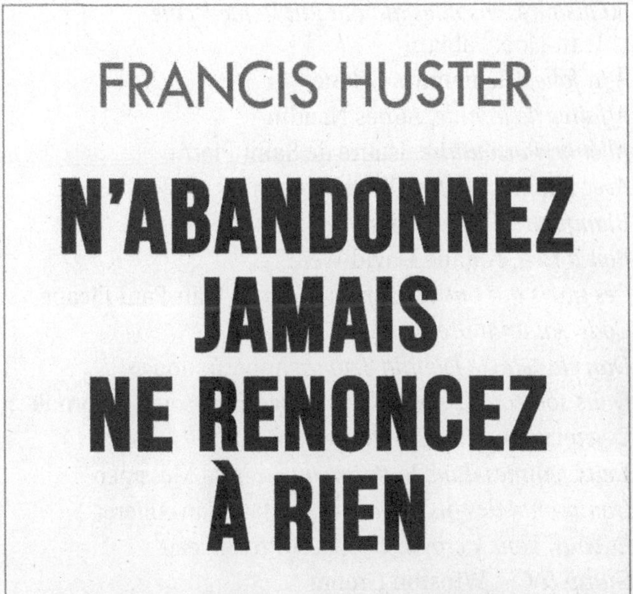

Dans la même collection

30 histoires insolites qui ont fait la médecine, Jean-Noël Fabiani
À la folie, Clémentine Célarié
Affaires de famille, Agnès Naudin
Aliénor, l'insoumise, Isaure de Saint Pierre
Avec vue sur la mer, Didier Decoin
Blanquette, Laure Buisson
Bon à rien, Natalie David-Weill
Ces nazis qui ont échappé à la corde, Jean-Paul Picaper
Code Salamandre, Samuel Delage
Dans la tête de Donald Trump, Anne Toulouse
Dans son cœur sommeille la vengeance, Sonia Mabrouk
Déjeuner en paix, Charlotte Gabris
Deux femmes dans la tourmente, Teresa Messineo
Donne-moi des fils ou je meurs, Maud Jan-Ailleret
Et vous, vous y croyez ?, Hubert Prolongeau
Gump & Cie, Winston Groom
Harry et Franz, Alexandre Najjar
Histoires extraordinaires de la Résistance française 1940-1945, Dominique Lormier
Histoires extraordinaires de la Seconde Guerre mondiale, Dominique Lormier
Impasse Verlaine, Dalie Farah
J'ai décidé de vivre, David Milliat, Christophe Henning
Je suis né à 17 ans..., Thierry Beccaro
Johnny, le guerrier, Gilles Lhote
Juliette de Saint-Tropez, Valentin Spitz
L'écriture du monde, François Taillandier
L'homme qui fuyait le Nobel, Patrick Tudoret

Dans la même collection

L'odeur de l'herbe après la pluie, Patrick Jacquemin
La croix et le croissant, François Taillandier
La Fille du delta, Frédérick d'Onaglia
La petite bibliothèque du bonheur, Felicity Hayes-McCoy
La petite fille du phare, Christophe Ferré
La sœur du Roi, Alexandra de Broca
La Vengeance du loup, Patrick Poivre d'Arvor
La vie sauvage des femmes, Bénédicte Brézillon
Lâcher prise, Benoît Aymonier
Le Faux Pas, Frédérick d'Onaglia
Le Pacte interdit, Henri Bellotto
Le Parrain et le Rabbin, Sam Bernett
Le Pays d'où l'on ne revient jamais, Julien Thèves
Le petit café du bonheur, Felicity Hayes-McCoy
Le peuple des abattoirs, Olivia Mokiejewski
Le Squale, Francine Kreiss
Le Tableau, Laurence Venturi
Les 100 000 collabos, Dominique Lormier
*Les infirmières de Notre-Dame, * Flavie*, Marylène Pion
*Les infirmières de Notre-Dame, ** Simone*, Marylène Pion
*Les infirmières de Notre-Dame, *** Évelina*, Marylène Pion
*Les infirmières de Notre-Dame, **** Les* Nursing Sisters, Marylène Pion
Les jeunes femmes de 50 ans, Mylène Desclaux
Les femmes du Général, Gérard Bardy
Les sandales blanches, Malika Bellaribi
Mademoiselle dite Coco, Madeleine Mansiet-Berthaud
Merci maîtresse !, Anouk F.
Molière, chef de troupe, Francis Perrin

Dans la même collection

Mon étrange sœur, Marie Le Gall
Mortelle tentation, Christophe Ferré
N'abandonnez jamais, ne renoncez à rien, Francis Huster
Nouvelles histoires extraordinaires de la Résistance, Dominique Lormier
On s'aimera, Clémentine Célarié
Poutine, Frédéric Pons
Quand Maman plantait des brosses à dents, Christelle Bardet
Quelle histoire !, Michèle Cotta
Requiem pour un chat, Olivier Bellamy
*Rumeurs d'un village, * La sentence de l'Allemand*, Marylène Pion
*Rumeurs d'un village, ** L'heure des choix*, Marylène Pion
Sortie(s) de secours, Caroline Langlade
Sous le manteau du silence, Claire Bergeron
Tyrannie, Richard Malka
Un écrivain, Laure Arcelin
Une aventure monumentale, Olivier Dutaillis
Vengeance à temps partiel (série *Sisterhood*), Fern Michaels
Zoo Station, David Downing

Imprimé en France par CPI
en janvier 2021
N° d'impression : 2055565
Dépôt légal : avril 2021
ISBN : 978-2-3791-3088-5

www.monpoche.fr